KB034149

캐리어 끌기

캐리어 끌기

조화진 소설집

산지니

차례

귀환

엄마의 단점은 뭐든 깊게 생각하지 않는다는 것이다.
딸은 엄마의 삶 전체를 들여다보는 기분이 들었다.
엄마와 딸이 안 맞는 것처럼 쓸쓸한 일도 없다.
엄마와 딸에게는 이를테면 아버지와 아들의 관계와는 다른 어떤 것이
숨어 있다. 엄마와 딸은 각자의 불안과 고독을 안고 살아갔다.

벚꽃이 지고 라일락이 지고 영산홍이 지고 산목련도 졌건만, 썰렁한 것이 한기가 도는 봄날 오후다. 볕만은 유별나다.

빈티지한 스타일이 유행이어서가 아니라, 산 지 오래돼 빈티 나는 얇은 바바리를 입은 여자가 파란 철대문 앞에 선다. 바바리는 연한 베이지색이다. 철대문은 삭고 녹슬어 들어가기도 전에 이 집이 궁색하다는 느낌을 준다. 대문을 보자 가슴이 시려오는 게 괜히 욕이라도 한마디 내뱉고 싶다. 땅에 발이 붙은 듯 대문 앞에 서 있는 여자는 이 집 딸이다.

딸은 서른을 갓 넘겨 보인다. 별생각 없이 보면 계란형 얼굴에 눈이 커서 예쁠 것 같지만 툭 불거져 나온 앞니 때문에 전체적인 인상이 심술궂어 보인다. 그녀는 언제나 이 앞니가 문제였다. 아무리 온화한 표정을 지어도 활짝 웃지 않는 이상 그녀는 성이 난 듯이 보였다.

딸은 허리께나 오는 큰 트렁크를 끌고 있다. 트렁크는 커서 별것 별것 다 들어가게 생겼다. 원래는 선명했을 파란색이 유구한 세월에 바래고 흠집 나 꼬질꼬질한 검정에 가까운 파랑이 되고 녹까지 잔뜩 슨 대문은 만지면 부스러기가 묻어 나올 듯하다.

대문 안의 집은, 주변의 별장같이 화려하게 멋을 낸 집들에 비해 좀 초라해 보인다. 좋은 말로 아담하고 소박하다 하겠다. 워낙 오래된 데다 가난한 동네라 집들도 낡고 없는 티가 났었다. 세월 탓에 싹 헐고 새로 올리고 적어도 리모델링은 해서 이제는 돈이 많은 동네 같다. 집주인들도 태반이 바뀌었을 법하다. 동네 입구에는 다 쓰러져가는 슬레이트집이 있었는데 헐리고 그 자리에 멋스러운 카페가 지어졌다. 메뉴를 칠판에 예쁘게 써서 입구에 세워 놓았다. 들어가 차를 한잔 마시고 싶게 생긴 메뉴판이다. 슬쩍 들여다본 카페 안은 참 아기자기 예쁘기도 했다. 적어도 동네는 예전에서 칠십프로 이상 변했다.

딸은 〈티파니에서 아침을〉에서 오드리 헵번이 쓴 것과 똑닮은, 얼굴을 다 가리는 라이방을 쓰고 있다. 커다란 라이방 때문에 얼굴이 조막만 하게 보인다. 딸은 몸의 반이나 되는 큰 트렁크를 꽉 붙잡고 있어서, 마치 긴 여행에서 막 돌아온 듯 피로에 지친 분위기를 풍긴다. 딸이 집을 떠나고 긴 시간이 흘렀다. 몇 번의 봄이 가고 몇 번의 겨울을 맞고 다시 봄이 왔다. 이 집을 나갈 때랑 거의 같은 차림새지만 라이방이나 트렁크는 나갈 때의 그 물건은 아니다. 브랜드가 바뀌었다.

딸은 집 앞에 다다라서 대문을 보자 걷잡을 수 없이 짠해진다. 마음이 푹 꺼진 듯도 하다. 아니 조금 황당한 기분이다. 다시 집을 찾을 수밖에 없는 자신의 운명이 황당하다 못해 가혹할 지경이다.

대문은 반쯤 열려 있다. 빈집인가……. 아무도 안 사는 것처럼 아니면 누구를 기다리는 것처럼……. 또 누구든 들어와도 된다는 것처럼……. 딸은 섬뜩해진다. 오소소 팔에 소름이 돋는다.

여닫을 때마다 삐걱거리곤 하던 철제 대문은 녹이 더 슬어 우중충해진 것 말고는 어릴 때 그대로다. 딸이 태어나고 자라고 여학교를 다닐 때 그대로다. 이 문을 밀고 나와 학교에 다녔고 이 문을 쿵 뒷발로 차서 닫고 집 안으로 뛰어들고는 했다. 이 문을 열고 나가면 등 뒤로 엄마의 잔소리가 멀어져서 좋았다. 엄마가 뭐라 뭐라 잔소리를 하면 딸은 대문을 뒷발로 있는 힘껏 걷어차고 내뺐다. 만만한 동네 친구 집에 가거나 만화방에 가거나 고작 구멍가게에 가서 뽑기나 하는 게 전부였으면서 말이다.

트렁크를 낑낑거리며 들고 대문을 들어서자 전 부치는 기름 냄새가 난다. 딸은 코를 씰룩이며 냄새에 민감하게 반응한다. 기름 냄새는 식욕을 자극한다. 순간 허기가 심하게 진다. 기름 냄새를 맡으니 자신의 귀환이 실감 난다. 이 냄새는 딸이 가끔 그리워하던 모성의 냄새다. 기름 냄새는 딸의 뇌에 각인된 동물적 본능을 깨운다. 판타스틱한 어떤 물질이 딸의 몸을 통과한 느낌이다.

손바닥만 한 마당에는 그래도 잔디가 있었다. 가을이 오면 엄마는 쪼그려 앉아서 기다란 풀 가위로 싹둑싹둑 잔디를 잘랐다. 잔디는 들쑥날쑥 다시 자라났다. 어린 딸이 맡기에도 잔디 깎는 냄새는 싱그러워서 마음이 푸릇푸릇해지고 찰랑찰랑한 파란 물이 몸속으로 들어오는 듯했다. 잔디는 거지반 없어지고 희끗하게 흙을 드러낸 맨땅에 잔잔한 풀이 돋아나 있다. 꼭 야생의 땅 같다. 오랜 세월 안 가꾸고 방치한 것이 눈에 보인다. 고무통 같은 황토색 플라스틱 화분이 몇 개 놓여 있다. 옹색하고 초라한 것이 들고 가고 싶지도 않게 생긴 촌아이 같은 화분이다. 꽃 대신 대궁이 꺼멓게 늙은 상추대 화분 하나, 손만 대도 스스슥 부서질 것 같게 검게 말라버린 해를 넘긴 국화 화분 하나. 꽃도 두어 개 있긴 하다. 어울리지 않게 화사한 베고니아와 제라늄. 마침 베고니아와 제라늄이 피어 그나마 우아한 분위기를 풍긴다. ……엄마는 아직 살고 있나 보다.

딸은 현관문을 밀고 슥 들어간다. 그 모습이 마치 투명인간 같다.

부엌 바닥에 퍼질러 앉아 있는 사람은 엄마다.

부추전이 담긴 접시에 젓가락이 올려져 있고 소주병이 있고 소주잔이 있다. 한쪽 무릎을 세우고 기우뚱 앉아 있는 폼이 여전하다. 머리는 파마할 때가 한참이나 지난 듯 풀려 늘어져 있다. 파마는 안 한 건지 못 한 건지 어째 엄마답지 않다. 안 한 것이 더 자연스럽다고 딸이 말려도 엄마는 파마할 때가 되면 하루를 견디지 못하고 미장원에 갔다. 흐트러진 꼴을 못 참았다.

딸을 보더니 흘러내린 앞머리를 슥 귀 뒤로 넘긴다. 그 모습이 우아한 게 아직 살아 있다. 역시 엄마는 나보다 아름다워……. 나는 왜 엄마를 안 닮았을까. 엄마를 닮아 예뻤다면 인생이 좀 더 잘나갔을까.

"하이고 참……. 우짠 일이실까?"

말끝에 힘이 들어간 게 비웃는 건가. 오, 이런, 이나, 하다 못해 년 자를 붙이며 놀라기는커녕 심상한 말투다. 마치 헤어진 지 얼마 안 된 사이처럼 말이다. 아니면 다른 데 살다가 연락 없이 갑작스레 들이닥친 사람한테 하듯.

트렁크에 눈길을 주지만 태도는 태연하다 못해 천연덕스럽다. 그 모습이 얄밉기까지 해 딸은 뭐라고 콕 쐬주고 싶다. 저 징글징글한 태연함. 뒤에 숨은 끼. 모션은 하나도 안 변했네. 저 주름 좀 봐. 많이 늙었네. 목도 처지고, 흰 머리가 반이네. 울컥해진다.

"뭔 술이야. 낮부터……."

딸도 그 언변에 맞춰서 고함을 꽥 지른다.

"오늘 무슨 날인지 알고 오는 모양이제."

비웃는 듯한 저 말투, 말끝이 태연하다. 몇 년 간극이 없어 보이는 말투가 더 섬뜩하다.

"무슨 날? 맞네. 제사네."

"잊어버릴 만도 한 세월이구마."

오늘인가 내일인가 아님 지났나 했다. 삐딱하게 심술부리는 반항아 같은 마음을 유지하지만, 매해 이날은 기억했다.

딸은 트렁크를 열어 편한 옷으로 갈아입고 나와 엄마가 하다 만 지짐 부치기를 시작한다. 얼른 하나 부쳐서 젓가락으로 죽 찢어서 입에 욱여넣고 우물거린다. 허기진 배 속에서 아우성을 치는지 꿀떡꿀떡 넘어간다. 엄마 먹어보라 말도 안 하고 두 개째 부쳐서 삽시간에 먹어 치운다. 그런 딸을 엄마는 물끄러미 바라보며 소주잔을 비운다.

재료만 다듬어 놨을 뿐 아직 손을 안 대서 할 일 천지다.

튀김도 해야 하고 나물도 데쳐서 무쳐야 하고 탕국도 끓이고 생선도 쪄야 할 것이고, 차리면 상은 빈약해 보여도 할 일은 무지 많은 게 제사음식이다. 한쪽에 장을 많이 본 듯 사과 배, 귤, 수박에 나물 봉지 몇 개가 있고 마른 포도 보인다. 딸은 일하기 좋게 장 본 것을 싱크대에 들어 올린다. 씻어 소쿠리에 받쳐 놓을 요량이다.

"엄마 장 많이 봤네."

딸도 어제 본 사이처럼 곰살맞은 말투다.

"대충 할 거야. 구색만 맞으면 되지 뭐. 귀신이 뭘 알아."

"하긴……. 귀신이 뭘 알아."

딸도 지지 않고 대꾸한다.

딸이 빛의 입자같이 뽀얗게 피어나던 때, 엄마는 과부가 되었다. 엄마는 화려하기보다는 참참한 분위기를 풍겼다. 고상한 외모에 맞게 옷도 참 잘 어울렸다. 편한 일상복을 입어도 태가 났다. 평범한 여자지만 평범하게 안 보였다. 사람들은 엄마가 지나가면 멈춰 섰다가 슬그머니 안 보는 척하면서 뒤돌아봤다. 대부분 안면이 있는 동네 남자들은 엄마를 보며 마른침을 꼴깍 삼켰다. 여자들이 더했다. 딸은 어릴 때 엄마와 같이 다니는 게 우쭐했다. 할 일 없이 나와 대문턱에 앉아 있던 할마씨들은 의무처럼 꼭 한마디씩 했다. "참 이 동네에 안 어울리네." 엄마를 보며 중얼거렸다.

그 시절 동네 할마씨들은 낮이면 모두 다 밖에 나와 있었다. 무료함에 인이 박인 할마씨들은 모녀가 지나가면 엄마가 참 미인이네, 딸이 엄마를 하나도 안 닮았네, 어쩌고……. 쓸데없는 말을 하고 염탐하듯 사생활을 캐물었다. 그러면 엄마는 딸을 바라보며 한숨을 내쉬고는 재빨리 지나갔다. 쌩하고 엄마의 치마에서 찬바람이 불었다.

엄마는 외출할 때 뭘 입을지 고민했다. 옷을 여러 개 내놓고 몸에 대보다가 딸한테 물었다.

"이게 낫냐. 이게 낫냐."

딸의 눈엔 다 똑같이 보였다. 딸이 대답을 얼른 못하고 있으면 엄마는 재차 물었다.

"잘 보라니까. 이거는 목이 많이 파였고, 이거는 속이 아른아른 비치고."

목 많이 파인 것도 그렇고 아른아른 비치는 것도 별론데……. 다른 아줌마들처럼, 아줌마처럼 안 입고……. 차마 말하지 못하고 우물거리면 옷 입을 게 없다, 단박에 옷 타령으로 들어갔다.

엄마는 참 별났다. 충동적인 성격에 대책 없는 기분파였다. 돈 쓰는 것 좋아하고 멋쟁이에 친구 좋아했다. 지갑에 돈이 있어도 며칠을 가지 못했다. 친구 불러내 밥 사주고 집에 들어오면서는 딸 옷을 사 왔다. 옷은 하나도 아니고 한꺼번에 여러 개를 사 왔다. 딸은 엄마가 옷을 여러 개 사 오면 부자도 아닌데 괜찮을지 몰라, 불안함에 사로잡혔다. 형편에 과하다 싶은 행동을 서슴없이 하는 엄마가 딸은 이상했다. 친구 집에 놀러 가면서는 과일도 배달 시켜 박스로 사 가지 봉지에 몇 개 담아 가지 않았다. 돈이 다 떨어지면 쩔쩔매며 꾸러 다녔다. 어린 딸이 봐도 왜 저렇게 사나 싶었다. 형편에 안 맞게 옷 탐이 많아서 늘 옷 타령을 했다. 인정이 많아 불쌍한 사람을 보면 가다가도 멈춰 서서 쯧쯧 혀를 찼다. 짐 보따리 든 할머니를 보면 얼른 가서 들어주고 어디까지 가는지 꼭 물어봐야 직성이 풀렸다. 어린 딸이 볼 때, 할머니 목적지까지는 알 필요가 없을 것 같은데……. 거지를 보면 거의 울 정도로 표정이 일그러져서 지갑의 돈을 다 털어줘야 속이 시원했다. 한마디로 엄마는 철부지에 무대책이었다. 그러면서도 한 번씩은 이랬다.

"내가 좀만 아꼈으면 집을 한 채 더 샀을 건데……. 세 받아먹으면 평생 돈 안 벌어도 되고……."

아버지가 돌아가시자 외삼촌이 얼마간의 생활비를 보태주었다. 그러나 외삼촌도 아이들이 여럿인 데다 학비가 많이 든다고 외숙모가 바가지를 긁는 바람에 그나마 들어오던 돈도 끊겼다. 마침내 엄마는 직장을 구하러 다녔다.

첫 번째 직장은 엄마의 적성에 맞게 옷가게였다. 엄마 친구의 친구가 하는 여성복 보세옷가게에서 엄마는 즐겁게 일했다. 새 옷이 들어오면 엄마는 몸에 대보고 입어보고 했다. 그것만큼 즐거운 일이 없었다. 입어보는 옷마다 어찌 그리 잘 어울리는지 엄마는 입어보고 또 입어봤다. 그러다가 엄마는 별생각 없이 옷을 하나씩 사기 시작했다. 결국에는 많은 옷을 샀다. 옷은 유행에 너무 민감해서 곧 유행에 뒤떨어졌다. 어떤 옷은 빨기도 전에 풀이 죽듯 후줄근해졌다. 그러면 엄마는 옷을 장롱 깊숙이 넣어버렸다. 월말이면 월급은 거의 없었다. 엄마가 산 옷값을 제하고 나면 한 달 내내 일을 하고도 월급은 가져올 게 없었다. 엄마는 풀이 죽어서 딸에게 말했다.

"이 버릇을 얼른 내가 고쳐야 할 텐데……. 이쁜 것들을 왜 자꾸만 만드냐고 글쎄……" 하며 옷가게를 그만뒀다. 엄마의 단점은 뭐든 깊게 생각하지 않는다는 것이다. 딸은 엄마의 삶 전체를 들여다보는 기분이 들었다.

엄마는 다른 직장을 구했다. 이번에는 레스토랑 주방 보조였다. 이번에도 엄마 친구의 친구가 사장이었다. 엄마는 하루도 안 빠지고 출근했다. 값비싸고 번듯한 옷은 없어도 이것저것 자질구레한 옷이 많은 엄마는 매일 바꿔 입고 출근했다. 옷 입는 재미에 출근이 즐거울 정도였다. 엄마 아는 사람들도 엄마의 옷 입는 센스를 칭찬하며 어떻게 하면 옷을 잘 입느냐고 물어보았다. 그럴 때면 엄마는 손을 옆구리에 척 걸치고 고개를 반쯤 숙여 고뇌하는 표정을 만들고는, "음 말이야, 옷 잘 입기가 생각보다 어려워. 공부보다 더 어려운 게 옷 코디라니까." 하며 대학에도 의상 코디과가 생겨야 한다고 주장했다. 그러면 엄마 친구들은 돈 있고 옷발 받쳐주면 뭘 입은들 안 어울릴까? 했다. 엄마는 아니라고 했다. "아무리 몸이 잘 빠져도 아무거나 입으면 어울리나? 코디가 중요하지. 즉 센스고 감각이고 안목이야." 어쩌고저쩌고했다.

엄마는 특기인 살림 솜씨를 살려 주방 일을 열심히 했다. 주방은 집처럼 윤이 나고 반질거렸다. 엄마 친구의 친구인 사장은 흡족해했다. 엄마는 주방뿐만 아니라 홀 서빙도 하게 되었다. 그러다가 엄마치고는 오래 일했다 싶을 즈음 그만뒀다. 엄마의 못 말릴 '자유를 찾아서'가 또 도졌다. 일하기는 그만하면 편한 편인데 개인 시간이 부족하다고 했다. 레스토랑 특성상 밤늦게 끝나고 쉬는 날이 거의 없기 때문에 못 견디겠다는 것이다. 엄마는 자유 자유 하더니 결국 레스토랑을 그만뒀다.

엄마는 자유를 찾자 영화를 보고 친구를 만나고 못했던 일을 하기 시작했다. 엄마의 자유의 기원은 어디이며 자유의 끝은 어디인 것일까. 딸은 크기도 전에 엄마의 자유가 궁금했다. 곰곰이 생각하면 엄마의 자유가 조금은 이해되는 듯도 했다. 엄마는 직장을 구하고 그만두고를 반복했다. 직장도 잘 구하고 그만두기도 잘했다. 하지만 모든 직장생활이 오래 이어지지 못했다. 이런저런 일을 소개해주던 엄마 친구들도 학을 떼고 엄마를 욕하며 나중에는 소개를 안 해 줬다.

엄마에게 첫 번째 남자가 생겼을 때 딸은 단번에 알아보았다. 딱 봐도 남자는 바람둥이라고 얼굴에 쓰여 있었다. 딸이 싫어하는 타입이었다. 피부도 허옇고 쌍꺼풀지고 살짝 주름진 눈에 살살 웃는 게 호인처럼 보였지만, 여자가 많이 따르게 보이는 게 머지않아 엄마를 찰 것 같았다. 입술이 얇아서 거짓말도 능청스레 하겠고……. 여러 여자 울렸겠다. 엄마의 취향이 저런 남잔가? 아버지하고는 완전 다르네, 딸은 속으로 엄마를 비웃었다. 아버지는 정직한 것이 얼굴에 쓰여 있었다. 남 속이는 건 죽어도 못하고 거짓말을 한마디라도 할라치면 귀부터 빨개지고 티가 나서 상대방이 먼저 알아봤다.

두 번째 남자는 산적같이 생긴 사람이었다. 눈이 부리부리하고 코도 크고 얼굴도 크고 키도 크고 전체적으로 무슨 거인 같았다. 게다가 목청도 컸다. 딸은 큰 남자는 질색이었다. 목청 큰 남자는 더 질색이었다. 저런 남자와 어떻게 사랑을 속삭이지? 저 큰 손으로 때리기라도 한다면……. 아버지는 연한 배 같은 사람이었다. 수줍은 미소가 포인트고 목소리도 작아서 야단을 쳐도 야단 같지 않았다. 딸은 이번에도 히죽 비웃었다.

남자는 생긴 것과 달리 소심한지 엄마에게 꼼짝 못 했다. 엄마 앞에서 살살 기었다. 엄마를 보면 공주님도 그런 공주님이 없었다. 엄마는 남자 앞에서 자주 헤프게 웃었다.

한번, 엄마가 말했다.

"내 친구들 다 애인 있어. 요새 세상이 그래. 덕님이도 있고 말자도 있고 순심이도 있어."

그즈음 엄마는 매일 밤늦게 들어왔다. 늦게 들어와서 미안한 모양이었다.

"다 있다고 엄마까지 그래?"

"나는 양반이야. 개네들은 남편이 있어도 바람피워."

"다들 쓰레기들이야."

"야, 웃기지 마. 애인하고 잠만 자는 줄 알아? 너도 이년아, 나이 먹어봐. 욕만 하지 말고……."

그러면서 혼잣말로 구시렁구시렁했다.

"인생이 얼마나 쓸쓸한지 알어? 살아보지도 않은 년이 어떻게 알어."

딸은 첫 월급을 탔다. 엄마에게 다 주고 용돈을 타기로 했다. 딸 친구들도 다 그렇게 했다. 시집갈 밑천으로 엄마들이 정기적금을 들어 주고 있었다. 나중에는 목돈이 되어 있어서 시집갈 때 쓰고도 돈이 남는다고 했다. 어떤 친구는 엄마가 더 보태서 큰 액수의 적금을 들고 있다고 했다. 의당 딸도 엄마가 돈 관리를 하면 얼마간은 적금을 들고 생활비로도 조금 보태고 약간의 돈만 자신의 용돈으로 쓸 요량이었다. 딸이 취직만 하면 엄마는 돈을 불릴 것이라고 입버릇처럼 말했다. 딸은 알뜰함을 넘어 짠순이에 가까운지라 자신의 용돈으로 몇만 원만 남기고 몽땅 엄마에게 갖다줬다. 그러나 얼마 지나지 않아 엄마가 적금을 붓지 않는다는 걸 알게 되었다. 적금은커녕 돈만 있으면 족족 써대는 바람에 생활비도 부족해 빚까지 지고 있었다. 딸은 한숨만 나왔다. 엄마를 믿다니……. 가지가지 한다니까. 목젖까지 나오는 말이 침과 함께 꼴딱 넘어갔다. 믿을 걸 믿어야지. 내가 미쳤지. 딸은 자신이 바보 같았다.

딸은 엄마한테 주던 돈을 끊었다. 꽤 큰 용기가 필요했지만 눈을 질끈 감고 과감히 행동으로 옮겼다. 그러자 부자가 되는 길이 눈앞에 온 듯한 이상스런 환상에 사로잡혀 기분이 나아졌다. 딸은 월급의 80퍼센트를 뚝 떼서 정기적금을 들었다. 마음 약한 딸은 완전히 끊지 못하고 매달 엄마에게 용돈을 조금씩 줬다. 딸은 똑 부러지고 야무졌다. 딸은 뭘 하더라도 계획을 세우고 자신에게 과하다 싶으면 욕심내지 않았다. 그게 편했다.

이때부터 엄마와 딸의 갈등이 깊어졌다. 그러나 갑작스러운 관계 변화는 아니었다. 둘 사이는 이미 오래전부터 삐걱거렸기 때문이다.

딸은 사물을 인식하기 시작할 때부터 엄마와 맞지 않았다. 엄마가 동으로 가면 딸은 서로 가는 식이었다. 그냥 그렇게 둘은 생각이 달랐다. 그래서인지 딸은 엄마가 무슨 의견을 내고 물을 때마다 대답을 망설였다. 다른 의견을 내놓았을 때 엄마 기분이 상할까 봐 두려웠다. 그래서 일찍부터 사람들과 다른 의견을 말하는 걸 두려워하는 버릇이 생기게 되었다. 그 결과 남 앞에서 의견을 잘 내세우지 않게 되었다.

엄마와 딸의 관계가 무조건 좋기만 한 것은 아니다. 엄마가 좋은 것은 어릴 때뿐이다. 엄마라는 이름에는 엄마를 좋아해야 하는 강요가 들어 있다. 애잔함의 대명사인 엄마라는 이름을 두고 함부로 감정 선을 자극하는 나쁜 표현은 절대로 하면 안 되는 것이다. 딸은 때때로 그런 생각이 들곤 했다. 그래서 웬만하면 표현을 안 하고 두루뭉술 넘어갔다.

또 어느 때는 이런 생각도 들었다. 애틋하고도 애틋한 엄마와 딸이라는 이 친밀하고 무구한 말, 애틋함과 함께 가는 엄마와 딸의 무구한 역사 같은 건 알 수 없지만, 같은 여성으로서의 동지애적인 관계 때문일 수도 있다. 그러나 단언컨대 이 세상에 존재하는 모든 엄마와 모든 딸의 마음속에는 관계가 좋아야 한다는 강박관념이 들어 있다. 엄마와 딸에게는 이를테면 아버지와 아들의 관계와는 다른 어떤 것이 숨어 있다고 말이다.

이래저래 딸은 엄마 말을 잘 따르려 들었다. 엄마와 의견이 달라도 참고 엄마 뜻대로 했다. 엄마니까 져주었다. 친구들한테는 지지 않는 성격이었다. 어느 정도는 이기적인 성격이 강한데도 딸은 그렇게 해야 마음이 편했다. 또 나중에 후회가 안 생길 것이었다.

어른이 되자 어릴 때와는 다른 안 좋은 것이 생겼다. 딸은 성장하면서 자신의 취향과 성격을 형성했다. 취향이 맞지 않는 것은 그렇다고 치더라도 발언은 엄마 마음을 상하게 했다. 딸이 성인이 되자 엄마에게 실망할 일이 생겼고, 실망하게 되자 불편해지고 서로를 경계하게 되었다. 그러니 모녀 사이지만 참 딱했다. 그런 상황이 길어지자 서로를 밀어내기에 이르렀고 그사이에 커다란 크레바스가 생겨버렸다. 한번 생긴 모녀 사이의 균열은 더 크고 더 깊게 번져갔다.

아무리 질긴 밧줄로 엮은 끈이라도 가족의 끈처럼 질길까. 안 맞다고 안 보고 등지고 살 수 없는 게 가족관계다. 그냥 넘어가고, 싸우고 풀어지고, 지난한 과정을 되풀이하면서 엄마와 딸은 살아왔다. 엄마와 딸이 안 맞는 것처럼 쓸쓸한 일도 없다.

엄마와 딸은 각자의 불안과 고독을 안고 살아갔다. 안 맞아 늘 티격태격하지만, 이 이상한 가족의 결집을 끝내 저버릴 수 없었다. 떼려야 뗄 수 없는 이 지독한 핏줄의 힘을 부정하기란 얼마나 어려운 일이던가.

딸이 이것저것 음식을 하는 동안 엄마는 술을 좀 해서인지 벽에 기대 졸고 있다. 엄마 모습이 어딘지 안돼 보인다. 고독의 그림자가 짙게 깔려 있는 것도 보기가 영 불편하다. 안 본 몇 년 사이 엄마는 삭막해 보이고 폭삭 늙어버린 것 같았다. 노인네 그림자까지 느껴지니 연민이 배가된다. 딸이 엄마, 조금만 자고 나와, 했기 때문에 엄마는 잠을 자러 방에 들어갔다.

딸이 일을 하다가 보니 어스름이 내리는지 부엌이 어둑해져온다. 딸은 무치던 나물을 마저 무치고 방으로 들어가

본다. 엄마가 없다. 마당으로 나온다. 엄마가 화분들 옆에 있는 다 삭아가는 나무벤치에 우두커니 앉아서 담배를 피우고 있다.

"담배는 아직도 못 끊었어? 그게 그렇게 어려워?"

엄마가 말없이 딸을 본다. 뭐라고 한마디 매몰차게 해야 엄마다. 저렇듯 텅 빈 눈이라니, 안 어울린다. 왠지 그 눈에 한이 서린 것도 같고 우멍하게 비어버린 것도 같고……. 딱히 뭐라고 하기 어려운 공허가 들어 있다. 힐난이 든 딸의 말이 엄마는 엄마대로 서운함을 넘어 원망스러운 모양이다.

"그놈의 담배 타령은 그만해라."

늘 이런 식이다. 삶의 엇박자가 지리멸렬하다.

엄마가 나직하고 또렷한 어조로 말한다.

"이 세상에는 못 해서가 아니라 안 하는 것도 있다는 걸 알아라. 하루 딱 한 까치 피우는 거야. 내 소중한 일과다. 지금이 그 시간인 거고……."

"……."

"네 년이 커피를 안 마시면 못 사는 것처럼……."

"……뭔 놈의 커피. 나 커피 안 마셔어."

딸이 말끝을 길게 늘인다. 내가 커피를 마시는지 안 마시는지 알지도 못하면서.

"그놈은 왜 같이 안 왔냐?"

“…….”

“해마다 기다렸다. 추석이 지나면 설을 기다리고 설이 지나면 니 애비 제사를 기다리고……. 애 안고 애 봐 달라고 올 줄 알았지. 너 참 독하다.”

딸은 뭐라고 할 말이 없다. 지금 여기 서서 간단하게 말하고 끝낼 내용이 아니다.

“애는 못 낳는 거냐? 안 낳는 거냐?”

“…….”

딸은 애는커녕 이혼하고 여기 왔다는 말을 차마 꺼내지 못한다. 지금이 말할 타이밍 같긴 하다. 딸은 엄마가 피우던 담배를 탁 채서 피운다. 딸은 담배를 급하게 빽빽 빨아들인다. 그러고는 다 피운 담배를 발로 비벼 끄고 벤치 한쪽 끝에 앉는다. 모녀간의 한숨 소리가 닮았다. 소리 없이 저녁이 밤으로 넘어간다. 엄마와 딸은 오래오래 앉아 있다. 말없이.

일교차가 커서 밤은 꽤 춥다. 엄마가 들어가더니 스웨터를 들고 와서 딸에게 걸쳐준다. 딸의 입에서 이윽고 참았던 말이 나온다.

“엄마 나 헤어졌어.”

“이혼했단 말이네……. 언제냐 그게?”

엄마는 딸의 말을 곱씹지도 않고 바로 내뱉는다.

“좀 됐어.”

"……."

"미안해."

"나한테 미안할 게 뭐 있냐. 니 인생한테 미안하지."

"……."

딸이 흑 하고 울기 시작한다. 울음이 한 번 터지자 속에서 기다렸다는 듯 더 큰 울음이 계속 밀려온다. 딸은 한동안 끅끅거리는 울음을 멈추지 못한다.

엄마는 기다린다. 이윽고 딸이 울음을 멈춘다. 딸의 울음이 그치기를 기다리던 엄마가 말한다. 마치 남의 자식이라도 되는 듯 말투는 냉정하고 결연하다.

"고마 인생 수업료 치렀다."

"……."

"본디 처음은 서툴고 틀린 것이 당연할 수도 있다. 인생도 시행착오란 게 있을 테지. 그러니 결혼도 시행착오가 있을 거고."

엄마가 딸의 손을 잡는다. 딸은 엄마에게 어깨를 기댄다.

봄밤의 냉기가 몸을 오그라들게 했다.

"들어가자."

엄마가 말했다.

딸이 결혼하겠다는 남자를 데리고 왔을 때 엄마는 반대

했다. 그것도 필사적으로. 딸은 이해할 수도 없고, 어이가 없기도 해서 말도 안 나왔다. 어처구니가 없었다. 엄마가 반대할 상황이 아니었다. 적어도 엄마라면 딸이 사랑한다는데 무조건 찬성해야 한다고 믿었다.

딸이 이 세상에 태어나서 생전 처음 사랑에 빠진 남자였다. 딸은 걷잡을 수 없이 그 남자에게 빠져들었다. 남자와 처음 모텔에 가서 잠을 자고 온 다음 날 딸이 엄마한테 말했다.

"엄마. 그 사람과 결혼할래."

"말했잖아. 그놈은 안 돼."

"왜 안 돼?"

"말했잖아. 그놈은 놈팽이 상이다. 너는 어려서 속까지 보는 눈이 없다. 나는 안다. 그놈은 너를 망칠 거다. 내가 다른 건 몰라도 사람 볼 줄은 안다. 한쪽으로 몰린 그놈 눈을 보면 안다."

"외모 가지고 판단하지 마."

"외모 가지고 판단하는 게 아니다. 내가 이래 봬도 사람 속 좀 볼 줄 안다."

엄마는 매일 밤 술을 마셨다. 알코올중독을 어느 정도 고쳤는데 딸이 결혼한다고 하자 다시 도진 것이다. 딸이 퇴근해 들어가면 술 냄새가 방 안에 진동하고 엄마는 고꾸라져 자고 있었다. 도저히 화해 불가능한 상태로 세월만 보낼 것 같아 딸은 적금통장을 챙겼다. 여러 개의 통장을 합치니 돈이 꽤 많았다. 딸은 뒤도 안 돌아보고 집을 나왔다. 트렁크를 끌고 하나밖에 없는 바바리를 걸치고.

딸은 집에 안 돌아온다던가 엄마를 안 본다던가 하는 그런 생각은 해본 적도 없었다. 엄마를 떠나면서 통쾌했고 짐을 벗는 기분이었다. 남자를 따라가서 살다가 아이를 낳으면 아이를 안고 엄마 집으로 올 거였다. 아이와 남편을 앞세우고 보란 듯이 올 참이었다. 엄마가 반대하는 남자가 얼마나 그녀에게 올인하고 자상하고 배려심 많은 사람인지 엄마도 나중에 깨달을 거였다. 엄마는 자신의 판단이 틀렸다고 후회하며 딸을 받아들일 거였다. 그러면 딸은 아무 일도 없었던 듯이 엄마와 화해하고 살아갈 참이었다.

딸은 남자와 살림을 차렸다. 방을 얻고 세간을 사들이고 예쁜 커튼도 달았다. 살림은 꼭 소꿉놀이 같았다. 적금통장을 깼지만 하나도 아깝지 않았다. 적금은 이 순간을 위해서 들어놓았던 거였다.

어느 날 남자는 투자할 사업자금이 부족하다고 말했다. 딸은 남아 있던 돈을 몽땅 털어 남자에게 주었다. 돈을 다 주고 나자 마음이 텅 빈 것처럼 허전했으나 한편으로는 뿌듯했다. 남자가 자신에게 기대는 게 흐뭇하고, 도움을 줄 수 있는 자신이 대견했다. 남자를 더 깊이 사랑해야겠다고 다짐하고 다짐했다.

딸은 돈을 벌러 나갔다. 낮에는 돈을 벌고 밤에는 살림을 살았다. 남자도 적극 협조해주었다. 사는 것이 즐겁고 행복해 엄마는 잊고 살았다. 곧 엄마를 찾아가야지 하고 생각했지만, 사는 게 바빠서 차일피일 미뤘다. 딸은 낮엔 험한 일을 했지만 피곤하지도 고달프지도 않았다. 밤에는 정답게 마주 앉아 술도 한잔하고 남자의 너른 등짝에 기대 TV를 보다가 잠들었다. 누군가를 이토록 격렬하게 죽을 만큼 사랑해 본 건 처음이었다. 물론 몸도 처음이었다. 몸도 마음도 온통 처음이었다.

시간이 얼마나 흘렀는지도 모를 만큼 세월이 흐른 어느 밤이었다. 남자는 아무 말도 없이 외박을 했다. 딸은 밤새 한숨도 안 자고 남자를 기다렸다가 벌건 눈으로 출근을 했다. 퇴근을 하고 들어오니 남자가 들어와 자고 있었다. 남자를 보니 전날 밤 조마조마했던 마음이 싹 가시고 안도감에 뭐라고 따지지도 못하고 말았다. 남자도 아무 일이 아니라는 듯 설명도 없이 어물쩍 넘어갔다. 그 뒤에도 남자는 한 번씩 외박을 했다. 그때마다 딸은 가슴이 타들어 갔지만 속만 끓일 뿐이었다.

어느 새벽, 남자는 잔뜩 취해서 들어왔다. 그때쯤 남자는 딸에게 왜 늦으며 누구랑 술을 마셨느니 하는 따위의 설명은 일체 안 한 지 꽤 되었다.

남자는 며칠을 방에서 뒹굴며 나가지도 않고 딸을 투명인간 취급했다. 커다란 고민이 있다는 듯 한숨을 푹푹 쉬어댔다. 딸이 물어보기 위해 옆으로 가면 벌레 보듯 몸을 사리고 돌아누웠다. 딸은 남자에게 뭘 잘못했나 싶어 행동을 되짚어 보았으나 잘못한 건 없는 것 같았다. 남자가 한 번씩 무심하게 지껄이던 그녀의 툭 불거져 나온 앞니 타령이 떠올랐지만, 그것이 문제는 아닐 거라고 생각하며 괜스레 남자에게 미안해져서 없는 듯 움직였다.

남자는 누군가와 끊임없이 문자를 주고받고 하더니 얼굴을 깡통같이 구기고 말 꺼내기를 망설이고 있었다. 딸은 가만히 있었지만, 화가 난 듯이 보였다. 언제나 그 앞니가 문제였다. 툭 불거져나온 앞니 때문에 그녀는 더욱 심술궂어 보였다. 심술궂은 데다 기가 세 보이는 인상 때문에 남자는 그녀의 얼굴만 보면 짜증이 난다고 억지로 웃으며 말하곤 했다. 실은 진담인데 농담이야, 애써 속으로 구겨 넣으며 중얼거렸다. 아무리 온화한 표정을 지어도 활짝 웃고 있지 않은 이상 그녀는 성이 나 있는 것 같았다. 남자는 눈치껏 표정 관리를 하며 중얼거렸다.

"돈이 더 필요해……."

"저번에 그 돈은 어쩌고……."

이번에도 딸은 돈 없는 자신이 미안해 소심한 어조로 되물었다. 앞니를 의식해서인지 이런 상황에서도 활짝 웃으며 말할 수는 없었다.

"조금만 더 투자하면 목돈이 확 들어올 텐데 말야. 사업이 그렇게 간단해?"

미안하지, 미안해. 이번엔 한몫 확 잡을 수 있는데 말야. 말은 그렇게 하면서도 남자는 당장 돈 좀 구해 오라고……. 마치 구걸하듯 딸을 바라보며 울먹였다. 돈만 내놓는다면 그녀의 툭 불거져 나온 앞니도 사랑스러워 미칠 것 같다는 표정이었다.

고심 끝에 그녀는 마지막 보루로 꼬불쳐 놓았던 통장의 돈을 싹싹 긁어 남자에게 줬다. 몇천 원만 남겨진 홀쭉한 통장을 보자 고통스러웠지만 사랑하는 남자를 위해서라면 하고, 자신을 위로했다. 돈은 또 벌면 될 것이었다. 진짜로 이 돈을 마지막으로 그녀의 수중에는 한 푼도 남지 않았다. 남자는 이까짓 적은 돈을 무엇에 쓰란 말이냐며 주머니에 넣더니 그길로 휙 나가서 며칠을 들어오지 않았다. 어느날, 딸이 일하고 저녁에 들어와 보니 남자의 옷가지가 몽땅 사라지고 없었다.

이런저런 낌새를 느끼며 속만 끓이던 딸은 남자를 찾아 나섰다. 겨우 남자의 한 친구를 찾아 붙들고 물으니 피했다. 친구는 남자를 찾지 말라고 애처로운 눈으로 딸에게 말했다. "알면 상처만 더 받을 것이니……. 기다리지 마시오." 했다. 그러면서 더욱 안쓰러운 눈으로 마지못한 듯 한마디 더 보탰다. "내 친구지만 그런 사기꾼은 만나지 마시오."라고.

딸은 남자를 기다렸다. 의무처럼.

남자가 들어오지 않을 줄 알면서도 아침이면 밥을 해 먹고 일을 나가고 저녁에 돌아오면 빨래를 하고 반찬을 만들고 집 안을 말끔히 청소했다. 더없이 울적한 날이면 그의 베개를 끌어안고 냄새를 맡았다. 그런대로 평온하게 일상이 흘러갔다. 몇 번인가 엄마 집에 가는 버스를 탔다가 중간에서 되돌아왔다. 그러던 어느 날 불현듯 잠에서 깨어난 딸이 느닷없이 트렁크를 꺼내 짐을 싸기 시작했다. 딸은 트렁크를 들고 낑낑거리며 버스를 몇 번이나 갈아타고 엄마 집으로 온 것이다. 충동적인 귀환이었다.

폐경이 된 엄마는 일상적인 병을 앓았다. 사실 말이 병이지 그것은 꼭 병은 아니었다. 어느 날 문득 엄마는 무기력해지고 세상이 절망스러워지고 울적해지고 육체보다는 마음에 병이 들었음을 느꼈다. 느끼기 시작하자 급속도로 삶이 피로해졌다. 딸이라도 곁에 있으면 어깃장을 부리기라도 하련만, 몸이 더워지고 슬퍼지고 회한이 들어, 엄마는 딸이 없는 동안 혹독하게 갱년기를 치르고 있었다.

엄마는 TV만 껴안고 살았다. TV만 보다 이렇게 남은 인생이 흘러가 버려도 어쩔 수 없다고 생각한 듯 외출도 안 하고 친구가 찾아와도 시큰둥했다. 언젠가는 딸이 남자를 따라 집을 나가는 나이가 올 줄은 알았다. 그렇지만 딱 봐도 놈팽이인 그놈은 아니었다. 딸이 데려오는 남자를 찬성하고 환대해 번듯하게 형식을 갖춰 결혼시킬 참이었다.

누구라도 한눈에 놈팽이처럼 보이는 놈에게 딸을 주고 싶겠는가. 하지만 딸이 말을 듣지 않으면 져주는 수밖에 별도리가 없었을 것이다. 그러기 전에 참을성 없이 성질머리 급한 딸이 남자를 따라 나가버린 것이다.

엄마는 자신의 운명이 가혹하다고 생각되었다. 자유를 꿈꾸었지만 한 번도 자유롭지 못했고 커리어우먼처럼 폼나게 직장생활을 해보고 싶었지만, 그 꿈은 너무 멀어서 감히 가까이 갈 수도 없었다. 기껏해야 일 년에 몇 편 혼자 영화를 보는 것이 유일한 자기 계발이었다. 영화 속의 여주인공들은 예쁘고 섹시한 데다 자기 욕망을 척척 즐기는 이들이었다. 그래서 영화를 보고 나오면 늘 허전했다. 더 외로웠다. 삶이 갑갑하고 대책 없이 늙어가는 자신이 한심했다.

예전 어느 때……. 엄마가 딸 앞에서 홀린 듯 혼잣말을 하던 적이 있었다.

"나는 말이다. 어딘가로 떠나고 싶다. 저 먼 다른 나라의 바닷가에 가서 영화 속의 그 여자처럼 바닷가에서 다시 인생을 시작할 것이다. 〈코파카바나〉의 철없는 이자벨 위페르처럼 말이다."

또, "자기만의 바닷가 하나쯤 가져야 한다고 정호승이라는 시인이 말했단다." 하기도 했다.

엄마는 철부지 소녀처럼 먼 데를 응시하며 헛소리를 늘어놓곤 했다. 정신 나간 듯 보이는 그 표정에 딸은 몸서리를 쳤다. 엄마는 영화를 참 좋아했다. 시집을 들고 앉아 읽기 시작하면 때를 놓쳐 밥을 차려 주지도 않았다. 그럴 때 엄마는 사무치게 간절한 눈빛이 되어 있곤 했다. 딸은 잘 모르겠지만 엄마가 이상스레 짠해지고 불쌍해 보이긴 했다. 물속의 어른거림처럼, 새벽빛 어스름처럼 알 수 없었다. 엄마 마음 같은 건 알아지지도 않았다.

방으로 들어온 엄마와 딸은 한참 동안 침묵을 지키며 우두커니 앉아 있다. 텔레비전도 켜지 않았다. 제사음식은 거지반 해 놓았기 때문에 상을 차리고 제사를 지낼 일만 남겨진 상태였다. 딸은 엄마와 뭔가라도 대화를 이어나갔으면 하는 어정쩡한 태도를 취하고 있다. 엄마도 딸이 무슨 할 말이 있는 듯한 낌새가 보여 딸의 다음 행동을 지켜보고 있다.

오랜 침묵을 깨고 딸이 엄마, 하고 신중하게 불렀다.

"엄마, 말하지 않은 게 하나 있어."

고개를 돌린 엄마가 딸을 바라보았다. 딸은 엄마, 하고 확인하듯 재차 엄마를 불렀다. 엄마는 딸을 부드럽게 바라보고 있다. 그 눈길에는 어떤 무게나 질책, 연민마저도 없었다.

"저 있잖아, 엄마. 나 임신했어. 몇 달 후면 아기가 태어날 거야."

딸은 단숨에 말했다.

"그놈은 임신한 걸 알고 헤어졌니?"

엄마가 굳은 표정으로 물었다.

"아니, 헤어지고 나서 임신한 사실을 알았어."

딸은 이번에는 견고하고 격정적인 톤으로 말했다.

"상관없어. 이 아이는 내 아이야. 온전히 내 아이야."

"요새 세상이 변해서 그렇게들 말하더라만……. 세상에 내 딸이 그럴 줄은 몰랐구나. 뒤통수를 치는구나."

엄마는 엄마로서 해야 하는 말을 골라 말하듯 천천히 읊조렸다. 딸은, 말은 당당하게 하지만 태도는 죄인처럼 울먹거렸다. 다시 반복하듯 엄마 입에서 후렴구 같은 구시렁거림이 새어 나왔다.

"세상이 업그레이드돼서 별 희한한 일도 많고 하더라만……. 세상이 녹록지 않은데……. 가지가지로 충격을 주는구나."

딸은 배 속의 아이 때문에 엄마에게 온 거라고 말하지 않았다. 이렇고 저렇고 군말 따윈 하고 싶지 않았다.

시간이 얼마나 흘렀는가, 시간 개념조차 잊었다. 그러다가 시간이 한참 흘렀다고 느끼고, 엄마와 딸은 동시에 시계를 보았다. 이런, 자정이 넘어 있었다.

"엄마 우리 미친 거 아냐? 열두 시가 넘었어."

"빨랑 차리자. 이게 뭐 하는 짓이냐 글쎄. 느그 아버지 와서 기다리다가 가버렸을라."

엄마와 딸은 제사상을 차리기 위해 부산하게 움직인다. 시곗바늘은 12시 10분을 지나가고 있었다.

*

얼마의 세월이 흘렀을까. 녹슨 파랑 철대문은 리모델링이 안 된 상태로 다시 봄을 맞았다. 따스하게 볕이 잘 든 대문간에 할머니 소리 듣기에는 아직 억울해 보이는, 늙지도 젊지도 않은 여자가 손녀와 놀고 있다. 머리를 양갈래로 길게 땋은 손녀는 앙증맞은 원피스를 입었는데 한 예닐곱 살은 되었겠다. 할머니는 손녀에게서 눈을 못 뗄 정도로 손녀가 이뻐서 못 살겠다는 표정이다.

해가 지고 동네의 집들에도 카페에도 불이 들어왔다. 어깨를 잔뜩 움츠려서 고단해 보이는 서른 중후반쯤 된 여자가 퇴근을 하고 녹슨 철대문을 들어선다. 그녀의 손에는 장본 검은 봉지가 들려 있다.

캐리어 끌기

결혼을 하고 나서야 원하지 않은 삶을 선택했다는 걸 깨달았다.

왜 삶을 살고서야 잘못되었음을 알게 되는 것일까.

"이 세상을 가볍게 끝낼 수 있다면 방법은 뭘까. 세상은 왜 혼탁할까.

그런 모든 건 죽어야 끝나는 법이지."

미선은 흥분했지만 조용한 톤으로 말한다.

1.

때 탄 듯한 잿빛이 도시를 덮었다. 오늘도 미세먼지 농도는 매우 나쁨이다. 일주일 내내 하루도 안 빼고 먼지 밭을 달려온 차처럼 날씨는 우중충하다. 미세먼지는 일상이 돼버린지 오래다. 요즘 싸움은 민주화 투쟁이나 회사노조 투쟁이 아니라 미세먼지 투쟁이 되었다. 미선은 날씨에 대한 기대 따윈 접었다. 미선은 날씨 때문에 우울하다. 아마도 스모그는 미선이 늙어 죽을 때까지 더하면 더했지 없어지지 않을 것이다. 푸른 하늘을 그리워하는 것은 인생을 되돌리고 싶어 하는 억지 같은 일이다.

신호대기에 걸린 미선의 차 옆을 구급차가 지나갔다. 구급차 소리는 언제나 심장을 오그라들게 한다. 신호가 바뀌고 미선은 차를 출발시켰다. 저만치 아이의 초등학교가 보인다.

미선은 교문 옆 안전한 위치에 차를 파킹하고 아이가 나오기를 기다린다. 오후 세 시였다. 미선이 캐리어를 차에 싣고 아이를 데리러 가는 시간은 언제나 오후 세 시경이다.

창을 톡톡 두드리는 소리가 났다. 창문에 아이의 헝클어진 긴 머리칼이 나뭇가지처럼 일렁였다. 아이는 제시간에 온다. 미선은 차 문을 열고 나가 아이의 가방을 받아 든다. 아이는 마스크를 쓰고 있어서 눈만 보인다. 미세먼지를 차단하는 마스크를 쓰라고 미선은 아이에게 지시했다. 다른 말은 청개구리처럼 안 들어도 마스크 쓰라는 얘기만은 희한하게 잘 듣는 아이가 미선은 신기했다. 교문을 나서는 다른 아이들도 대부분 마스크를 쓰고 있다.

아이를 뒷좌석에 태우고 운전석에 앉은 다음 스케줄을 인쇄한 에이포 용지를 훑어본다.

“자, 오늘은 영어 수학 마치고 5시 반에 발레 있는 날이네. 이때 간식 뭐로 살까?”

“아이스크림 먹고 싶어. 아이스크림, 아이스크림…….”

아이가 합창하듯 소리를 지른다. 미선은 즉각 항복한다.

“그러자. 나도 아이스크림 땡긴다. 일단 영어 끝나고.”

“줌마. 지금 사 줘. 지금 먹고 싶단 말야.”

“잠깐 시간 좀 다시 보고……. 세 시 반부터니 이십 분 정도 비네, 됐다 가자.”

차를 몰고 학원이 밀집한 상가 쪽으로 간다. 미선은 아이의 기분에 최대한 맞춘다. 고용인이 되면 저자세가 되는 것은 자연스러운 일이다. 약간 기분이 상할 정도의 굴욕은 굴욕도 아니다.

미선은 아이와 잘 지낸다. 처음부터 그랬던 건 아니다. 아이는 까칠했다. 아이 엄마가 처음에 한 말은 애가 좀 별날지도 몰라요, 였다. 별날지도 모르다니, 엄마가 모르면 누가 안담. 걱정 마세요. 아이라면 이골이 나도록 잘 다루니까요. 미선이 아이를 잘 다룬다고 자신 있게 말한 건 안심시키려는 의도 때문이기도 하지만 약간의 허세도 들어 있다. 두 아이를 키우고 가사를 돌보는 사이사이 학습지 교사를 하면서 나름 아이들의 세계를 경험했다. 미선은 아이 엄마와 첫 미팅 때, "그 나이 때의 아이가 까칠하지 않으면 이상한 거죠."라고 자신만만함을 드러냈다. 아이 엄마는 만족한 표정을 지었다.

미선은 새 일자리를 얻었다. 주 임무는 캐리어 끌기.

18인치 회색 캐리어 안에는 그날 배울 아이의 교재가 들어있다. 일과가 끝난 아이를 집에 데려다주고 미선은 주 수업표를 확인하고 다음 날 교재를 캐리어에 챙긴다. 혹시 몰라 양말과 여벌의 속옷도. 발레가 있는 날 전에는 발레복을,

수영 전날에는 수영복을 미리 챙겨 캐리어에 넣어 놓는다. 과자 같은 간식거리도 한두 개는 챙긴다. 캐리어 속에는 아이의 방과 후 수업에 필요한 모든 것이 들어 있다.

아이는 월부터 금까지 숨도 제대로 못 쉴 만큼 바쁜 일정을 보낸다. 정부 고위관리라도 아이처럼 빡빡하게 일정 관리는 못할 것이다. 때에 따라서는 거의 분 단위의 일정을 소화하기도 한다. 수학, 영어, 피아노, 미술, 수영은 매일 가고 일주일에 세 번 가는 발레, 두 번 가는 웅변, 글짓기, 일주일에 한번 가는 골프교실, 합창단……. 거의 살인적인 스케줄이다.

미선이 지시하는 일정표에 따라 아이는 뺑뺑이 돌기를 한다. 스케줄을 복사해서 차에 한 장, 가방에 한 장 넣고 다닌다. 미선도 외울 수가 없어서 매번 확인해야 한다.

미선은 아이와 급하게 아이스크림을 먹고 아이를 학원에 들여보낸 다음 간식을 사서 차에 넣어 놓는다. 다음 학원으로 이동하는 도중 아이에게 뭐든 먹여야 한다. 아이를 학원 안에 안전하게 들여보낸 후에는 차 안이나 학원 대기실에서 기다린다. 발레를 하는 날에는 발레복을 캐리어에서 꺼내 입혀주고, 수영을 하는 날에는 수영복을 갈아입게 한 다음 2층에 올라가 수영하는 모습을 내려다봐야 한다.

미선과 아이가 모든 일과를 마치고 집에 들어가면 가사

도우미는 저녁을 식탁에 차려 덮개를 덮어놓고 퇴근한 후다. 미선은 도우미의 얼굴을 본 적 없다. 메모로 상황을 주고받는다. 이때가 대략 저녁 여덟 시 반 전후쯤 된다. 도우미는 오전이나 오후를 정해서 세 시간씩 일을 하고 간다고 들었다. 금요일은 글짓기 선생이 저녁에 아이 집에 직접 오기 때문에 그날은 선생과 통화해야 한다. 이때부터 아이는 혼자서 밥을 먹고 씻고 숙제를 하거나 하면서 엄마를 기다린다. 아이는 차려놓은 저녁밥은 거의 먹지 않는다. 엄마를 저녁에 본 적도 거의 없다. 기다리다가 잠이 들기 때문이다. 이런 식의 일주일은 금방 지나간다.

미선이 집에 와 밀린 일을 해놓고 잠자리에 들려는데 전화가 왔다. 아이 엄마는 시간관념과는 거리가 먼 여자다.

"선생님, 주말에 애를 좀 맡아주세요. 주말에는 더블로 드릴게요."

"예? 글쎄요."

돈 애기를 먼저 깔지만 갑작스런 제안이라 미선은 당황한다. 늘 이런 식이다. 아이 엄마는 의견을 묻지 않는다. 결론만을 말한다. 미선이 곧바로 대답을 안 하자 좀 싹싹해진 말투로 밀어붙인다.

"제가 좀 바빠져서 그래요. 일찍 오실 거는 없고 점심시간에 맞춰 나오시면 돼요. 애가 늦잠을 자니까요."

밀당은 필요 없다. 더블이라지 않는가.

"그럴게요."

"이번 주부터요. 그럼 끊을게요."

아이 엄마는 냉혹한 수사관 같다. 군말 따윈 일체 없다.

미선은 뒤척인다. 아이 엄마의 제안이 이상하게 잠을 못 이루게 한다. 남편은 10시가 넘자 TV 앞에서 졸기 시작하더니 온수매트를 거실에 깔고 코를 골며 자고 있다. 미선은 거실의 불을 끄고 TV도 꺼주고 방으로 들어왔다.

남편과는 살얼음 위를 걷는 듯하다. 이번의 신경전은 오래 간다. 살얼음은 곧 깨질지도 모른다. 몇 발자국을 디디면 헉하고 자신도 모르는 사이에 물 밑으로 빠져버릴 것이다. 아슬아슬하게 버티고 있던 금 간 벽이 와르르 무너지는 건 순식간일 것이다. 젊을 때는 그럭저럭 관계가 유지돼 왔는데 나이가 든 후론 더 냉랭해졌다. 남편은 본래부터 깐깐하고 고집이 셌다. 다른 사람 의견을 듣지 않는 성격은 더 심해졌다. 그래도 옛날에는 지금보다는 융통성이 있었는데 지금은 이상한 고집을 부리고 억지를 쓰니 노인과 사는 듯했다. 미선은 아이 둘을 낳고 키우며 남편의 그런 성격을 이해해 보려 했다. 아들 하나 더 키운다는 심정으로 아량을 베풀었다. 쥐꼬리만 한 월급이라도 제때 주니 고마웠다. 그런데 오십

줄이 넘자 남편은 더 소심해졌다. 남편의 깐깐하고 도덕적인 범생 스타일에 미선은 질렸다. 그러려니 하지만 사실 미선은 비참하다. 이렇게 인생 다 갔나 싶다. 늦었지만 미선은 불만을 토해내기 시작했다. 미선이 불만을 하나라도 말하면 남편은 째려보다 입을 딱 다문다. 사소한 마찰이라도 생기면 입에 자물쇠를 채워버린다. 그것처럼 미선의 속을 뒤집는 건 없다. 미선은 말 않고 지내는 침묵은 못 견디겠다. 서로 대강대강 비위 맞추며 이십오 년을 살다 보니 그러려니 하지만 한 달 전부터 사실은 남편과 한 마디도 안 섞고 있다. 말 안 섞고 견디는 일은 종종, 아니 자주 있어왔다. 심각하다고 느꼈을 때는 언제나 너무 늦어 있는 것이 문제였다. 당장 때려치우고 싶지만 어디 마음처럼 쉬운가.

2.

미선은 나쁜 결혼을 했다고 믿었다.

남편과 사는 동안 나쁜 결혼을 했다는 사실을 잊은 적도 많기는 했다. 그것은 순간적이라는 점에서 불행한 일이지만. 어쨌든 미선은 결혼이 괜찮다고 끊임없이 자신을 세뇌했다. 지금처럼 자유분방하고 초스피드 시대라면 결혼 따윈 안 했다. 남편은 이상형도 아니었고 취향도 많이 달랐다. 그냥 현실적인 조건이 적당히 맞았다. 적당히 맞는다는 것 하나만으로 결혼하다니. 대안이 없었다고 미선이 말하면 지금 이 시대 사람들은 미친 짓이라고 할 일이겠지만 말이다. 그 결과는 뻔했다. 대충 맞추고 살아야 했으니까. 변명 같지만, 그 시대엔 그랬다. 결혼을 하고 나서야 원하지 않은 삶을 선택했다는 걸 깨달았다. 왜 삶을 살고서야 잘못되었음을 알게 되는 것일까.

인생에는 시행착오가 없었다. 그러나 결혼에 대해서는, 미선은 자신이 바보 같은 선택을 했노라고 생각했다. 가능하면, 물리고 싶었다. 그러나 이미 아이 둘이 딸려 있었다. 결혼은 미친 짓이었다. 결혼은 실수였다, 고 미선은 생각했다.

사실 미선은 요즘 착잡하다. 착잡하다를 넘어서 우울하다. 우울의 강도는 점점 높아간다. 남편이 주도하는 대로 따라가는 미선이지만 환멸은 벼랑 끝까지 갔다. 집에 있기 싫기도 하고 살림에 보탬이 될까 싶어 젊을 적부터 알바를 안 놓고 살았다. 알바 자리는 늘 위태로워서 여기저기 수없이 들락거려야 했다. 아이의 캐리어 끌기는 이전 하던 알바에 비하면 식은 죽 먹기다.

"집안일은 신경 쓸 필요 없으세요. 아침마다 도우미가 와서 청소와 반찬을 해놓고 가니까요. 아이와 놀아주고 스케줄

관리만 해주시면 돼요. 요즘 애가 자꾸 짜증을 부리고 불안해하네요."

처음부터 아이 엄마는 불안 타령이었다. '뭐가 문젠지 모르니? 불안병이야. 삶에 지친……. 크기도 전에 삶에 지쳤잖아. 몰라?' 미선은 이렇게 말해야 맞지만. "아, 예, 애들이 다 그렇죠. 저만할 때는 다 그래요. 반항심이 생길 때죠. 요즘은 사춘기가 일찍 온다니까요."

낯빛 하나 변하지 않고 말했다.

"어머니도 힘드시겠어요. 요즘 애들은 워낙 빨라서 버겁다니까요. 걱정하지 마세요. 애들은 금방 큰다구요."

"네, 선생님만 믿어요."

"그럼요. 걱정 마세요. 애 둘 키워봐서 잘 알죠."

아이 엄마는 워킹맘에 워커홀릭이다. 사회적 지위와 성공을 꿈꾸는 여자, 거기다 명성까지 더하면 완벽하겠지. 일과 가정에 열정적이고 성취욕이 강한 여자, 그러므로 모든 것을 이루고 싶은 여자쯤이 될 것이다. 단정한 헤어스타일에 재색 재킷을 입고 두 팔을 엑스 자로 엮어 겨드랑이에 찔러 넣고 어딘가를 향해 당당하게 미소 짓는 캐릭터가 아이 엄마다. 자신감이 넘치는 모습으로 포즈를 취하고 있는 사진 속 아이 엄마는 성공한 커리어우먼이다.

그런데 이 그림도 예전 이야기다. 아이의 할머니가 요양

병원에 들어가기 전까지 가능했던 그림이다. 아이는 할머니 손에서 자랐다. 할머니는 뭐든 아이의 편이었다. 아이 엄마가 당당하게 워킹맘이라고 주장하고 다니는 건 할머니가 배경이 되어주었기 때문이다. 할머니는 아이를 키우고 집안일을 하고 아들과 며느리의 치다꺼리를 했다. 아이 엄마는 간혹 쉬는 날 바람 쐬듯 대충 청소를 하고 장을 봐 오면 되었다. 어느 날 할머니는 유치원에서 돌아온 아이를 데리고 놀이터에 갔다. 아이가 미끄럼틀을 타고 그네를 타고 모래 장난을 하는 동안 햇볕을 쬐며 벤치에 앉아 있었다. 할머니는 허리가 굵고 걸을 때마다 무릎에서 뼈가 부딪히는 소리가 났지만 건강은 자신 있었다. 칠십이 코앞이었으나 가늘고 길게 살 거라는 확신은 있었다. 아이가 빙빙 돌았다. 세상이 흔들거렸다. 머리가 깨질 듯이 아팠다. 곧 구토가 나왔다. 할머니는 벤치에 길게 누웠다. 아이가 와서 흔들었다. 할머니를 부르는 소리가 어렴풋이 들리다 멀어져갔다. 할머니는 병원에서 깨어났다. 몸은 바보가 된 듯 마음대로 움직여지지 않았다. 말을 하고 싶었으나 제대로 안 나왔다. 병원의 흰 천장 아래 아들과 며느리와 아이가 걱정스럽게 내려다보고 있었다. 병명은 뇌졸중이라고 했다.

할머니가 여러 병원을 거쳐 마지막으로 요양병원에 들어가는 동안 아이는 혼자 자랐다. 현관 키를 한 손으로 덮은 다음 빠르게 비밀번호 일곱 자리를 눌렀다. 누가 보지 않는데도 아이는 매번 그렇게 했다. 가사도우미가 집안일을 하고 갔기 때문에 집 안은 깨끗했다. 아이 엄마는 아이 아빠와 교대로 아이에게 실시간 일과를 지시했다. 거의 삼십 분 간격으로 엄마 혹은 아빠가 아이에게 전화를 걸었다. 두세 개의 학원과 숙제와 간식 먹는 메뉴까지도 엄마 아빠 지시대로 움직였다. 엄마와 아빠는 퇴근 때마다 먹을 것을 잔뜩 사 들고 왔다. 부족한 것이 없었지만 아이는 늘 피로했고 일찍 어른이 돼버린 듯 공허함을 느꼈다. 아이는 혼자 노는 것을 터득했기에 인생이란 이런 거려니 했다.

아이가 삼 학년이 되자 학원 수가 늘어났다. 아이는 로봇이 되어 있었다. 삼 학년 이 학기가 되자 아이 엄마는 캐리어 끄는 사람을 고용했다. 여유 있는 삶이 목표라서 규칙적인 직장생활을 하지 않던 미혼여성이 왔다. 반년 동안 아이의 캐리어를 끌며 일정을 봐주었다. 그사이 애인이 생긴 그녀는 자주 아이의 학원 시간을 놓치고 간식을 빠뜨리고 스케줄 관리를 허술하게 했다. 아이가 엄마에게 불평했다. 아이 엄마는 그녀를 해고하고 미선을 채용했다.

3.

아이 엄마와 통화한 주말에 미선은 아이 집에 갔다. 아이는 소파에 누워 TV를 보고 있다가 미선을 보고 활짝 웃었다. 도우미는 평일만 온다고 하던데 거실이 말끔하다. 식탁에 메모와 카드가 놓여 있다.

-카드 놓고 나가요. 백화점에 가서 옷 몇 벌 사 주세요.-

"아빠도 나가셨니?"

"출장."

"어디?"

"일본이라던가."

아이는 미선에게 한 번도 존칭 따윈 붙여본 적이 없다.

"나가자. 엄마가 너 옷 사주라고 카드 놓고 나가셨네. 쇼핑 가자."

미선은 아이가 놀이공원에 가고 싶다고 할까 봐 선수를 친다. 놀이공원보다는 쇼핑이 덜 피곤하다.

"줌마. 오늘은 좀 훤하네. 아저씨랑은 괜찮아졌어?"

아이는 미선의 말을 앞뒤로 잘 조합하는 탁월한 능력이 있다. 어른보다 낫다. 아이와는 말이 통한다.

"야, 그 관계란 게 그리 쉽게 변하겠니. 이젠 나대로 살기로 했어. 지난 세월이 억울하지만."

"첫 쉽기도 하네."

"우리 나가자니까."

미선은 아이를 채근한다. 오늘의 의무는 다해야 한다.

"가고 싶은 데 있어."

"어디? 놀이공원? 오늘 주말이라 사람 무지 많을 텐데……."

미선은 싹을 미리 자르기로 하고 피곤한 표정을 살짝 지어보이며 억지로 웃는다.

"나도 놀이공원은 싫어. 드라이브 시켜줘."

드라이브라니. 어른이 할 소리다. 아이는 갑이고 미선이 을이다.

"엄마가 카드 놓고 나갔다니까, 너 옷 사주라고."

"그딴 건 귀찮아."

"너희 엄만 참 바쁘시구나. 그 재밌는 쇼핑할 시간도 없으니."

너희 엄만 성공에 미친 여자야, 하는 말이 나올 뻔했다. 아이가 미선을 빤히 보며 말했다.

"우리 엄마 대단하지 않아?"

"뭐가?"

"아무리 생각해봐도 우리 엄마는 점점 이상해지는 것 같아."

"그래, 너희 엄마 대단하다. 그렇지만 이상한 건 아냐, 성공하려면 그렇게 미칠 듯이 뛰어야 해."

"그러면 결혼도 안 하고 나도 안 낳아야지."

"야, 엄마가 들으면 섭섭하시겠다. 그런 말은 하는 게 아니야."

"그니까. 아빠 역시 뭐 하러 결혼은 했을까? 그렇게 밖으로만 돌려면. 둘 다 결혼하지 말았어야지."

부정적인 말을 하면서도 아이는 태연한 표정이다. 그게 더 무섭다.

"어른의 세계를 네가 이해하겠니? 그래도 어디니? 돈이 많아 이렇게 나 같은 아줌마도 쓰는데, 돈 없으면 넌 혼자 있어야 되는데. 매일 혼자 밥 먹고. 요새 혼자 밥 먹는 애들 되게 많다던데?"

혼자 같은 소리 하네. 아이는 딱 이런 표정이다.

"지겨워 줌마, 진짜. 줌마는 죽고 싶은 적 없어?"

"뭐라구? 그런 말 함부로 하는 거 아니야. 애가 못 하는 소리가 없네."

다시 아이를 보니 아이는 본래의 어린아이로 돌아가 TV에 눈을 박고 킥킥거리고 있다.

4.

아이를 태우고 거리에 나섰다. 오늘도 역시나 대기는 혼탁하다 못해 재색 구덩이에 들어앉은 듯하고 하늘은 폭삭 내려앉을 듯 낮다. 초미세먼지 주의보 발령이라고 일기예보에 나왔다. 미선이 어렸을 때는 매일매일이 축제 같은 날씨였다. 하늘은 푸르고 까마득하게 높았다. 높이의 단위로는 계산할 수 없을 정도로. 푸른 하늘을 올려다보고 있으면 펄쩍 뛰어 하늘에 도달할 것만 같이 기분이 좋아지고 기대감도 부풀어 올랐다.

지구온난화는 생각보다 더 빠른 속도로 이 지구를 덮어 버리겠지. 어째 하루도 맑은 날이 없냐. 재앙을 불러올 것처럼 말야, 미선이 혼잣말로 구시렁거리다 크게 내뱉는다.

"미세먼지는 일상이 돼버렸구나. 황사에 미세먼지에 어디 눈 뜨고 다닐 수가 있나."

아이가 되받는다.

"그치 줌마. 세상이 더럽게 보여. 그렇게 안 보여?"

"그래. 네 말이 맞다. 날씨가 더럽게 느껴지다니. 참, 오늘 아침 뉴스 보니 미세먼지 때문에 일 년에 만이천 명이 조기 사망 한댄다 글쎄. 세상이 참 혼탁하구나."

"맞아, 줌마. 세상은 더 일찍 종말이 올 거야."

"뭐라고?"

"두고 봐. 분명할 테니."

아이는 미선을 처음 만날 때부터 할 말은 다 했다. 말투에 까칠이 아슬아슬했다. 미선은 아이와 처음 만난 시기에 나눴던 대화를 더듬었다. '줌마는 좀 오래 하네.' 아이의 입에서 나온 말은 의외였다. 미선이 의아하게 바라보자 '다른 줌마들은 오래 못 하던데.' '이게 뭐 어려운 일이라고 다들 못했을까?' 미선이 대꾸하니 '그러게, 돈 벌기가 어디 쉽나.' 아이가 받았다. 미선은 기가 찼다. 아이 입에서 나오는 말이라니. 한숨 푹 쉬고 친구한테 하듯 떠벌렸다. '난 쉽기만 하구만……. 식당가서 일해 봐. 얼마나 고된데.' '그니까 말야.' 하고 아이가 맞받아쳤다. 미선은 더 맞장구를 쳤다. '다들 배가 불러서 그래.' '줌마, 내가 재미있는 얘기 하나 할까.' '해 봐.' '줌마 앞에 아줌마가 하나 왔는데 글쎄, 우리 엄마 고등학교 친구였대.' '미스라는 언니 말고?' '미스라고 니네 엄마가 그러던데?' '그 언니 가고 나서 한 사람 더 왔었어. 엄마가 속였구나?' '뭐 일부러 속였겠니? 그건 그렇고 누구? 너네 엄마 고등학교 친구가 왔다고?' '어. 세상은 좁다니까.' '친구라 놀라서 그만뒀구나.' '그렇겠지. 뭐 존심 상해서.' 아이와 미선은 호호 하하 웃었다. '엄마가 미스 언니 한 명뿐이라고 했는데 또 있는 건 아니겠지?' '없어.'

미선은 아이를 태우고 해가 나왔다 들어갔다 바람까지 불어 온 시내의 쓰레기들이 공중에 떠도는 시내를 돌아다녔다.

드라이브를 하며 빙빙 돌다가 오는 길에 의무를 다해야 해서 미선은 아이에게 묻지도 않고 백화점 주차장에 차를 밀어 넣었다. 아이는 뚱한 표정으로 미선을 따라다녔다. 아이 옷을 서너 벌쯤 샀다. 아이는 미선이 골라주는 대로 턱짓으로 대충 사, 그게 그거네, 하는 표정으로 미선을 따라다닐 뿐이었다. 쇼핑봉투를 양손에 들고 밥을 먹고 아이스크림 가게에 마주 앉았다.

"넌 왜 그렇게 지친 표정이니? 또 어디 갈까?"

"아, 귀찮아. 가고 싶은 데가 있긴 하지만."

"어디?"

"바다."

"바다? 바다 멀어."

"먼 거 누가 몰라?"

"야, 그만하자. 피곤하다. 넌 꼭 어른 같은 말만 하더라."

도로로 나왔다. 바다로 가려면 두 시간 이상은 차를 몰아야 한다.

"얘, 집에 가자, 바다는 다음에 가고. 그런 데는 부모님과 가야지."

"내 주장이 먹힐 리 없지. 맘대로 해."

아이가 힘없이 대꾸했다. 무척 힘든 표정으로, 겨우 할 이야기가 이것밖에 없다는 식으로.

"바다는 다음에 데려가 줄게. 엄마 허락도 받아야 하잖니."

운전하며 미선이 뒤를 돌아보니 아이는 등받이에 머리를 기대고 잠들어 있다.

5.

"너~무 짜증 나."

"왜? 말해봐."

아이가 다그쳤다.

"말해도 너는 몰라. 애들은 어른의 세계를 알 수 없어."

"줌마. 진짜 나를 무시할 거야? 언젠 친구라며. 베프로 등록했다고 안 그랬어?"

"야, 너한테 말하기 좀 그래. 그게 좀 사소한 문제라서. 그리고 너같이 부잣집 애들은 이해도 못 하고."

"또 돈 문제구나. 아저씨가 찌질이라서……. 맞지?"

미선은 마음 맞는 친구한테 털어놓듯 조곤조곤 이야기를 시작했다.

"그래, 넌 좋겠다. 아마 평생 돈 때문에 문제 생길 일은 없을 테니. 어젯밤에 말야. 먹을 게 아무것도 없는 거야. 그래서 차 몰고 근처 마트에 갔다? 마트에서 나오다가 옆 차를 좀 박았어. 티도 날 듯 안 날 듯하던데 견적이 장난 아니게 나올 거래. 한 300만 원쯤 나온다고 보험사 직원이 말하더라. 집에 가서 말했더니 버럭 성질을 내면서 차 타지 말고 어쩌고 하면서 왕짜증을 내. 보험은 이럴 때 쓰라고 든 거 아니니? 오늘도 말 한마디 안 섞고 나왔어, 얘."

"줌마. 외제차 박았구나."

"귀신이다."

"아저씨, 정말 찌질하네."

"그러게. 이러고 나면 한 몇 달 말 안 해. 돈 문제엔 완전 예민하다니까."

아이와 수다를 떨었다. 미선은 좀 체증이 내려가는 듯하다. 아이가 미선의 코앞에 대고 속삭였다.

"줌마. 하나 물어볼 게 있어."

"물어봐. 뭐든."

"자살하려면 어떤 방법이 좋아?"

기가 딱 막혔다. 아이가 이처럼 세게 나올지 몰랐다. 미선은 아이에게 장난스럽게 꿀밤을 먹였다.

그다음 주 주말이었다. 날씨는 여전히 잿빛. 스모그가 잔뜩 낀 세상에 사는 건 늘 소금에 절어 사는 기분이었다. 미선이 옷을 차려입고 백을 들고 나오자 거실에 있던 남편이 레이저를 쏘았다. 못마땅한 표정을 숨기지 못하는 저 멍청이를 차라리 귀엽게 봐주고 넘겨야 하나.

"어디 가?"

본인 기분에 따라 사람을 투명인간 취급한 지 일주일이 넘더니 오늘은 무슨 지랄이셔. 미선은 무시하고 나가려다 그래도 이러면 안 되지 싶어, "일 가." 하고 퉁명스럽게 대꾸했다.

"주말인데 무슨 일? 엄마 보러 갈 건데……."

그러면 그렇지, 언제나 제 엄마뿐이지. 너네 엄마니까 너나 가세요.

"주말에 아이와 놀아주래."

"그럼 그렇다고 미리 말하면 어디가 덧나? 그나저나 주말인데 일당은 똑같나?"

일당 좋아하네.

"더블로 준대. 당신이 언제 조곤조곤 말하게 편하게 해줘봤어?"

신경질을 누른다. 여기서 한 마디 더 하면 입에 자물통 채우고 또 한두 달 말 안 섞겠지.

"안 해준 게 뭐가 있어?"

아이구 머리야, 말자 말어. 속에서 또 펄떡펄떡 방망이 소리가 아우성 친다. 아무래도 이놈의 불안병 때문에 제 명에 못 살 거야. 말하는 내 입만 아프지. 이러니 뭔 대화가 돼. 지겨워, 돈 밝히는 저 푼수 같으니라고. 남편은 평소 그답게 꼬인 표정으로 돈 빼고는 할 말이 없다.

"돈 안 주면 왜 해?"

미선은 잠시 어이없다는 얼굴로 서 있다 문을 꽝 닫고 나왔다. 집을 나오는데 서글픈 생각이 들어 눈물이 찔끔 나오려다 만다. 미쳤지, 내가 왜 결혼했나 몰라. 미선이 결혼한 걸 후회했을 때는 양옆으로 아이가 둘이나 달려 있었다. 요즘 세상 같았으면 내가 미쳤다고 결혼해? 세상이 아주 옛날도 아니건만 너무 획획 바뀐다. 요즘 세대들은 결혼은 선택이라며 능력만 되면 혼자서도 잘 살 수 있다고 한다. 남편은 보기보다 더 쇠고집에 꽉 막힌 사람이었다. 진부의 끝판왕이고 얼굴만 젊지 노인이었다. 게다가 무시와 억압은 어떤가. 남편은 미선을 은근히 무시한다. 미선은 남편이 윽박지를 때면 불안해서 미치겠다. 결혼하니 시어머니도 윽박지르고, 남편도 윽박질렀다. 폭발 직전처럼 펄떡펄떡 가슴 뛰는 소리는 미선의 귀에서 늘 아우성친다.

이혼 결심은 열 번도 더했다. 하지만 애들이 다 크도록 이혼은 생각만 했지 실행하기는 어려웠다. 말이 이혼이지 이혼한 후의 삶은 생각도 못 했다. 다른 사람들은 잘도 이혼하더만 뭔 복이 있어 이혼도 해보나 몰라. 속으로 욱여넣고도 오죽하면 이혼할까 하는 생각도 들었다. 때리지도 않고 월급 갖다주는데 이혼 소송은 보나마나 안 되지 싶다.

남편과 불화가 생길 때마다 대강대강 넘기는데 이골이 났다. 오장육부가 썩어 문드러져서 삭았을 시간이다. 미선은 남편과는 미래가 없다. 대강 맞춰주고 포기할 건 포기한 채로 각자 사는 지금이 편하다.

미선이 들어서니 아이가 빤히 쳐다본다.

"줌마, 어딘가 나사가 빠져 보여."

아이와의 대화는 언제나 이런 식이다.

"뭐라고? 맞아. 내가 요즘 좀 그래. 아니 네가 잘 봤어. 나사 빠진 지 오래됐어."

"줌마는 도대체 뭐가 문젠 거야?"

"야, 사는 게 그렇지 뭐, 네가 나이 든 이 아줌마 사정을 알겠니?"

"말해봐. 나한테만."

아이가 속삭였다.

"근데 말야. 속말을 나는 아무한테도 털어놓지 않아. 이건

내 철칙이야."

미선도 속삭였다.

"그래? 그럼 말고. 반드시 다음에 하게 될 거야."

너도 참. 애어른 같은 아이가 어이없었지만 얼마 지나지 않아 미선은 아이에게 얘기를 털어놓았다. 친구한테 털어놓으면 자존심이 상하지만 이 애한테는 그럴 일이 없다.

"아저씨하고 관계가 안 좋아. 거의 위험수위야."

"그럴 줄 알았어. 대부분 주변의 문제라니깐. 아니면 돈 문제고. 맞지?"

"넌 어떻게 그렇게 어른의 세계를 잘 아니?"

"기본이지. 드라마를 보면 알 수 있어. 우리 집만 해도 그렇고."

"너의 집은 돈 문제는 없잖아. 그럼, 상담 한번 받아볼까."

미선은 아이에게 남편 흉을 보면서도 켕기는 느낌은 지울 수 없다. 아이이기 때문일 것이다. 그러다가 안 해도 될 말까지 한다는 생각이 들자 비참해진다.

주말마다 아이와 함께 지내게 되니 자연히 할 말이 많아졌다.

"부모 없이 종일 집에 갇혀서 혼자 있어야 하는 애들에 비하면 너는 행복한 거야. 엄마 바쁘신 데는 다 이유가 있어.

널 잘 키우려는 걸 거거든?"

아이는 특유의 코를 찡그리는 표정에 마지못한 듯 톡 쏘아붙였다.

"내가 왜 혼자 있는 애들보다 행복한지는 모르겠지만. 적어도 불행한 것은 맞아."

"불행하지 않다니까. 넌 행복해. 훌륭한 엄마 아빠에 이렇게 해피한 집이 어디 있어."

미선이 확 소리를 지른다. 아이는 여전히 차분하게 대꾸한다.

"줌마. 나 미친다, 증말. 줌마는 통할 줄 알았지. 내가 잘못 봤나?"

"그럼 넌 뭐니. 이런 집에, 부모에. 내가 보기에 걱정은 눈곱만큼도 없구만. 네가 할 소리가 아니거든? 넌 커서 뭐든 될 수 있잖아."

아이는 미선의 상투적인 대답엔 관심 없다는 투다. 그러면서 혼잣말처럼 구시렁거린다.

"이 세상을 가볍게 끝낼 수 있다면 방법은 뭘까. 세상은 왜 혼탁할까."

"모든 건 죽어야 끝나는 법이지."

미선이 흥분했지만 조용한 톤으로 말한다. 아이는 갑자기 조용해지더니 한참 후 나직이 내뱉는다.

"맞아, 줌마. 방법은 딱 하나밖에 없어. 죽는 거."

"뭐?"

"나랑 같이 행동하자. 가장 간단한 방법이거든."

미선은 화제를 돌리기로 한다. 이런 대화는 아이와 나눌 말은 아니다.

"얘, 너 고민 있지?"

"왜?"

"너 요새 아무래도 고민 있어. 내가 그런 건 딱 보면 알거든?"

"맞아."

아이의 표정은 태연했다.

"말해봐. 우린 베프라며. 어서. 베프라고 네가 먼저 말했잖아."

"에휴, 줌마는. 그냥 그렇단 얘기야. 모든 게 지겹다고."

"다 그런 거야. 사는 거 별거 없어."

아이는 뭔가 억울한 듯 한숨을 내쉬더니 혼잣말을 한다.

"줌마, 우린 제대로 살고 있는 걸까."

"뭐? 너무 앞서가지 마. 세상은 원래 그런 거야. 다 그렇게 살아. 내가 오래 살아봐서 알아."

미선이 아이를 보니 아이는 엎드려 자고 있다.

6.

그렇게 저렇게 다음 해가 되었다. 여전히 미세먼지 농도는 매우 나쁨이거나 나쁨에서 왔다 갔다 하고 있다.

오 학년이 되고 아이는 더 바빠졌다. 키가 훌쩍 자라서 뒤에서 보면 어른으로 착각할 정도다. 아이 엄마는 날로 승승장구하는 눈치였다. 아이 엄마가 일하는 회사가 작은 회사를 인수 · 합병해서, 팀장 자리를 맡았다는 것이다. 아이 엄마가 원하는 삶은 이런 것이고 원하는 삶을 이뤘다고 믿고 있을 것이다. 여자가 승진하기 어려운 업계에서 아이 엄마는 미친 듯이 일에 몰두한 대가로 승진했을 것이다. 출장과 외근이 잦아서 집에 안 들어오는 날은 미선이 아이 방에 가서 같이 잘 때도 있었다. 이제 아이 엄마는 아예 코빼기도 볼 수 없었고, 통화로 대신하거나 도우미가 써놓고 간 쪽지로 해야 할 일을 전해 듣고 있는 실정이었다. 아이 아빠 또한 마찬가지였다. 얼마 전에 아이 아빠는 일본지사로 몇 개월 장기 출장을 갔다고 했다. 아이 엄마는 딱 한 번 아이를 데리고 아이 아빠가 있는 도쿄에 다녀왔다. 그때 미선도 휴가를 얻었다. 집을 치우고 장을 보고 나니 하루가 지나갔다. 그다음 날은 오전 내내 누워 있다 오후에는 쇼핑을 했고 마지막 날에는 시댁 일로 남편과 함께 시댁에 다녀오니 사흘이 다 지나가 버렸다.

"줌마, 물어볼 게 있어."

아이가 미선에게 속삭인다.

미선은 아이 방 침대 밑에 이불을 깔고 누워 있다. 오늘도 야근처럼 아이 집에서 자는 날이다. 아이는 미선의 이불속으로 슬쩍 들어왔다. 미선이 자는 날이면 아이는 가끔 이런다. 아이의 목소리는 은근하다.

"뭐니? 또."

미선은 애어른 같은 아이가 질리려고 한다. 좀 짜증 섞인 목소리로 시큰둥하게 대꾸하며 야, 어서 올라가 자, 한다.

"자살은 어떻게 하는 거야. 줌마가 도와줄래?"

"뭐라고? 다시 말해봐. 너 뭐라고 했니? 이제 그런 말 지겹지 않니? 그만해."

미선은 확 쏘아붙이며 또 시작이다, 여기며 톤을 높였다.

"죽는 방법 말이야. 가장 쉬운 거 역시 뛰어내리는 거겠지? 다들 그 방법을 쓰잖아."

"야, 너 대단하다. 그런 것까지 연구하고."

갑자기 목소리 톤이 낮아지며 아이에게 소곤댄다.

"얘, 난 그것보다 잃어버린 하늘을 찾고 싶어. 불가능하겠지만."

"줌마 왜 다른 소리 해?"

"그런 게 있단다. 아주 옛날에는…… 하늘색이라고, 그런 게 있었단다. 진짜 하늘색을 넌 모르지?"

미선이 중얼거렸다.

"하늘색이 또 뭐야? 난 심각하단 말야."

아이가 거칠게 내뱉었다.

얘야, 난 어린 시절이 제일 행복했단다. 너는 왜 자꾸 그러니. 제발……. 하늘색은 영원히 볼 수 없겠지? 세상은 미쳤으니까. 회색이 하늘색이잖니.

미선은 내뱉지 않고 속과 다르게 조용히 말하기 시작했다. 아이가 듣고 있었다.

"그래, 그런 모든 것은 죽어야 끝나는 법이지. 너 말대로 방법은 딱 하나야. 간단해. 우리 둘이 높은 데서 손을 잡고 나란히 뛰어내리는 거야. 눈 딱 감고. 사뿐히 땅에 닿겠지. 가장 간단해."

아이는 미선의 말을 듣고 있었다. 꼼짝도 하지 않고 숨죽이고 있더니 미선에게서 몸을 빼내고 물끄러미 미선을 바라봤다. 미선이 아이 눈을 똑바로 쏘아봤다. 둘의 눈이 기 싸움을 하듯 팽팽했다. 미선도 아이도 뭔가 닥칠 상황을 상상이라도 하는 것처럼.

미선은 쏘아보던 눈을 이내 스르르 거둬들였다. 그러고는 한밤중 같은 조용한 소리로 아이를 다독였다.

"얘, 일단 자자. 자고 나서 생각하자. 그런 문제는 오래 생각해야 하는 법이야. 힘들지? 너도 세상이 힘들지? 나도 너 같이 힘들단다."

미선은 아이를 끌어안았다. 미선이 동조하는 말을 아이가 심각하게 받아들이지 말라고 속으로 외치면서. 아무래도 내가 널 부추겼나 봐. 그게 아닌데 제발 얘야, 너는 아직 어린애야. 아무것도 모르는 어린아이일 뿐이라고.

미선은 더 세게 아이를 품어 안았다. 아이의 가슴이 마구 뛰고 있었다. 다쳐서 파닥거리는 어린 새처럼.

"얼른 자. 얼른."

미선은 손을 뻗어 아이 눈을 쓸어내렸다. 자자. 자고 나면 이딴 생각은 생각도 안 나.

미선은 아이를 더 깊이 끌어안으며 잠을 청했다. 아이는 곧 쌕쌕거리는 숨소리를 내기 시작했다. 미선도 뒤척이다 죽음 같은 잠 속으로 빠져들어 갔다. 잠버릇이 나쁜 아이는 미선을 밀쳐내며 깊이깊이 잠 속으로 빠져들어 갔다.

흐트러진 침대

현건이 상아를 안는 순간 상아는 오래전 밤의 터치를 기억해냈다.
감각은 기적처럼 상아의 몸이 먼저 알아챘다. 그들은 격정에 휩싸였다.
홑이불을 두르고 상아와 현건은 몸을 맞댄 채 잠들어 있다.
흰 린넨 홑이불이 그들 위에서 풀이 죽은 채 구겨져 있고
침대는 흐트러져 있다.

* '흐트러진 침대'는 프랑수와즈 사강의 책 제목에서 따왔음을 알린다.

n시에 도착했을 때 거리는 아직 무더웠다.

노르스름한 아카시아잎이 몇 그램의 무게를 달고 팔랑거리며 떨어져 내렸다. 아카시아잎은 방울방울 얇은 잎을 가볍게 흩날렸다. 컨벤션센터 앞은 아카시아 나무와 백일홍 나무와 벚나무가 섞여 있었다. 상아는 컨벤션센터에서 나와 벤치 위에 포르르 말라 있는 아카시아잎을 손으로 쓸어내고 앉았다.

옆으로만 길고 온통 유리로 장식된 회색 건물 컨벤션센터의 작은 앞마당에는 잔디가 깔려 있고 분수가 물줄기를 쏘고 있다. 상아는 한숨을 쉬었다. 휴대폰을 꺼내 들고 날짜를 다시 확인해도 워크숍은 내일부터다. 하루를 일찍 오다니, 자신이 바보같이 여겨졌다.

상아는 멍청하게 앉아 있다 다시 일어나 40 사이즈 보스턴백을 들고, 택시를 타고 예약해둔 비즈니스호텔로 갔다.

일박 예약을 했는데 이박으로 늘려야 했다. 택시로 5분 만에 도착했다. 프런트 직원은 상아가 예약한 방이 주중이어서 오늘부터 이박이 가능하다고 했다. 그러면서 체크인이 세 시니 잠시 앉아 있으라고 말했다. 상아는 로비에 앉아서 스마트폰을 검색하며 기다렸다.

세 시가 되자 직원이 상아를 불렀다. 상아는 이틀 밤을 체크인하고 룸에 들어가 가방을 던져두고 침대에 누웠다. 훤한 대낮인데 막막했다. 룸은 비즈니스호텔답게 사무적이고 작았다. 로맨틱한 구석은 아예 제로로 이름처럼 비즈니스다웠다. 오늘 하루를 때울 일이 갑자기 숨 막히게 느껴졌다.

상아는 보스턴백을 둔 채 크로스백만 매고 호텔을 나왔다. 뭘 좀 먹어야 했고 서점이 있으면 잡지라도 살까 싶었다. 바로 번화가가 시작되었다. 거리에 나오니 옷이 살짝 번거로웠다. 높지는 않지만 구두를 신었고 단정한 옷차림이 맞을 것 같아서 입고 온 옷은 편하지는 않았다. 그래도 세미정장이라 좀 나았다. 바지는 네이비색이라 하루 더 입을 수 있지만, 실크가 섞인 아이보리색 티셔츠는 한 번만 입어도 후줄근해져 돌아다니면 땀으로 젖을 일이 걱정되기는 했다. 보스턴백에는 일박 이일을 고려해서 얇은 원피스잠옷과 속옷, 흰 셔츠 한 장과 세면도구만 넣었는데도 빵빵했다.

9월 초의 거리는 무더위보다는 햇살이 강렬했다. 상아는 건물 그림자와 가로수 그림자를 골라 디디며 느릿느릿 걸었다. 밍밍한 바람이 불어 그나마 조금 시원한 기분이 들었다. 몇 개의 로드숍을 무표정하게 들어갔다 나왔다. 딱히 살 물건은 없었다. 맘에 드는 물건이 있다고 해도 짐스러울 것 같았다. 서점은 보이지 않았다. 상아는 누구에게 뭘 물어보는 타입이 아니어서 웬만하면 스스로 찾았다. 갑자기 허기가 몰려왔다. 아침을 거르고 버스를 타기 전에 김밥 두 줄을 먹은 것이 다였다. 일본 라면집이 있어서 들어갔다. 감자 고로케 하나와 라면을 먹고 나오자 길 건너편에 프렌차이즈 카페가 보였다. 상아는 길을 건너 들어갔다. 오후 네 시의 카페는 이제 막 많은 사람들이 한꺼번에 빠져나간 듯 두서없는 테이블을 종업원이 치우고 있었다. 상아는 텅 빈 카페에 무심히 앉아 창밖을 바라보며 머그잔에 담긴 커피를 마셨다. 한참을 아무 생각도 하지 않고 멍하니 앉아 있었다.

상아는 다 마신 머그잔을 내려다보았다. 심심해서 리필을 할 것인지 잠시 망설이다 혹시 밤에 잠이 안 올지도 모른단 생각에 그만두기로 했다. 상아가 앉아 있는 창가에선 입구가 보이고 들어오는 사람도 보였다. 그때였다. 카페 폴딩도어를 따라 걷는 남자의 뒷모습이 어딘가 익숙하단 생각이 들었다. 남자는 카페 안으로 들어왔다. 분명했다. 방심한 상아의 얼굴에 일순간 긴장감이 서렸다. 숨이 멎는 듯했다. 아는 남자다.

남자는 카운터로 다 가서야 눈길을 느꼈는지 상아 쪽으로 시선을 돌렸다. 무심한 시선인 것 같았고 상아는 얼른 눈을 돌렸다. 남자가 거둔 시선을 재차 돌렸을 때 상아 또한 돌린 고개를 원위치했다. 둘의 시선은 외면할 수 없는 상황을 만들면서 딱 부딪혔다. 남자는 몇 초간 서 있더니 상아한테로 왔다. 상아는 상황이 뒤늦게 인지되었는데, 몹시 당황하며 놀란 얼굴로 남자를 쳐다봤다. 남자의 손이 상아 눈앞에 불쑥 들어왔다. 상아는 손을 잡기 전에 다시 시선을 들어 남자를 바라봤다. 강한 시선이었다. 이 시선은 익숙한 것이다. 남자의 뜨거운 시선을 받아본 여자는 안다. 간절한 눈빛을 받고 난 후 뒤늦은 깨달음은 황홀함과 동시에 두려움이다. 그 눈빛의 욕구를 채울 두려움은 여자인 상아 몫이었다.

"여기서 뭐 해?"

현건은 예사롭게 물었다. n시에서 상아를 만나 물을 질문은 아닌 것 같았다. 적어도 어쩐 일이야, 여기서 보다니, 이렇게 물어야 맞다.

상아는 갑자기 말문이 막혔다. 현건이 정색을 하고 이번에는 제대로 물었다.

"n시에는 무슨 일이야?"

상아는 그가 n시 사람이라는 걸 기억해냈다. 상아는 솔직히 말했다.

"오늘인 줄 알고 왔더니 내일이네. 컨벤션센터에서 바리스타 워크숍이 있어."

"잘못 알고 뭘 하는 건 여전하네. 넌 항상 대강 보는 습관이 있었잖아. 안 그래?"

현건은 상아의 주특기인 부주의에 대해 찔렀다. 다소 냉소적으로 말을 하는 못된 버릇이 있지만 말투와 표정이 부드러워서 오해를 사지 않는다는 걸 상아는 잘 알았다. 그에게 익숙해지지 않으면 알아챌 수 없는 미묘한 차이는 오래 함께 있어봐야 안다.

"내가? 응, 그렇지. 그런데 근무시간 아닌가. 그리고 n시에는 무슨 일이야?"

상아도 똑같이 물었다.

"응, 사실 회사 그만둔 지 꽤 됐어. 뭘 했는데 잘 안 돼서 n시에 눌러앉았어. 여기서 새롭게 뭘 시작했어. 잠시만……. 바리스타 해보려고?"

"으응, 한번 배워보고 싶단 생각이 들어서……."

또 잠시만, 하더니 빠르게 말했다.

"이따 밥 먹을 수 있지?"

현건의 말에 바로 대답하지 않고 상아는 다른 말을 했다.

"의외네. 그 회사 아주 만족해했잖아. 그럼 n시에 아주 눌러앉은 거야?"

"그렇게 된 셈이지. 나도 이런저런 일이 있었어. 잠시만."

그러더니 현건은 옆으로 비켜서서 짧게 전화통화를 하고 다시 상아 앞에 와서 앉았다. 통화 내용이 조금 들렸다.

"약속 있는 것 같은데 난 혼자 있어도 돼."

"아니 그런 건 아니야. 부담 갖지 마. 정말 반가워서 그래."

허투루가 아닌 진심이라는 건 안다. 그는 하나도 달라진 것이 없었다. 기분을 잘 전달하고 상대에게 집중하며 배려의 말을 놓치지 않는 세심한 성격은 어디 가지 않는 법이다. 나이에 안 맞는 불량스러운 패션 스타일까지도 변함없었다. 검정 청바지에 워커를 신고 니트 소재의 연회색 빈티지 티를 입었다.

현건은 상아를 보고 속으로 놀랐다. 그렇지만 말은 안 했다. 시간의 틈 탓이다. 본래의 현건이라면 즉각 반응을 보였을 것이다. 상아는 예전에 고집스럽게 고수하던 긴 머리가 짧아져 있었다. 귀를 살짝 덮은 업스타일의 단발이었다. 긴 머리인 상아가 여성성을 강하게 드러내 연약해 보였다면 지금의 상아는 짧은 커트 스타일 때문인지 똑 떨어진 깍쟁이처럼 보인다. 앞머리는 깻잎머리로 귀 뒤로 넘겼는데 타원형의 두상 때문에 전체적으로 무화과 열매를 연상시켰다. 현건은 곧 익숙해졌지만 다른 상아를 보는 듯했다. 나이 들면 그렇듯 상아 역시 전체적으로 조금 삭막해져 있다. 오 년의 시간은 현건도 상아도 젊음에서 서서히 물러갈 시간임을 확실하게 했다.

사실 상아는 현건의 사소한 말투를 아직까지 기억한다는 게 이상하다는 생각이 스치듯 들었다. 그러자 이런 사소한 걸 기억하는 자신이 상아는 잠깐 짜증스러웠다. 상아는 순간 현건의 부모님을 비롯한 둘만 아는 지인의 안부를 물을까 하다가 거둬들였다. 쓸모없이 여겨졌다. 예의상의 겉치레도 싫어하는 상아의 냉정한 성격은 이럴 때 도드라진다.

현건이 상아의 빈 커피 잔을 보고 또 잠시만, 하더니 일어나 커피 두 잔을 사서 들고 왔다. 그는 상아가 카페에 오면 사계절 변함없이 샷을 추가한 뜨거운 아메리카노를 마신다는 걸 알고 있다. 상아 앞에 톨 사이즈의 뜨거운 커피가 놓였다. 상아와 현건은 대화를 나누기 시작했다. 대화가 꼬리에 꼬리를 물고 길어질 조짐이 보였다. 현건은 상아에 대해 물을 게 많은 모양이었다.

"바리스타는 웬 거야? 자세히 말해봐."

현건이 새삼스럽게 다시 물었기 때문에 상아는 회사를 얼마 전에 그만뒀으며 커피 만드는 과정을 배워볼까 해서 왔다고 뼈대만 말해주었다. 더 구체적으로 들어가기 싫었다. 현건도 그래? 하고는 더 묻지 않았다. 자세한 설명이 부담스러운 상아의 속을 눈치 챈 모양이었다. 커피가 비어갔다. 상아는 현건의 깊은 시선을 느꼈다. 아, 이 사람은 늘 이렇게 보았지. 가끔 그의 시선이 부담스러울 때도 있었다.

현건이 영화 쪽으로 말을 돌렸다.

"며칠 전에 〈블러바드〉 봤어. 로빈 윌리엄스의 마지막 작품이었지. 넌 최근에 뭐 본 거 있어?"

"퇴사하고 다음 날인가 〈하루〉 보고 그 후론 안 봤어."

상아는 퇴사를 한 다음 날 바로 머리를 자르러 갔다. 머리를 자르고 본 영화가 〈하루〉다.

"〈하루〉는 이란 영화지 아마."

"그렇지. 아랍권 영화는 수다스럽거나 침묵이거나……. 내가 본 영화들은 다 그랬어."

상아는 얼마 전에 본 터키영화 〈윈터 슬립〉이 생각나서 말했다.

"〈하루〉 포스터는 봤지. 뭔가 비밀스러운 영화 같던데 수녀가 상처 난 얼굴로 택시를 타고 가는."

"수녀가 아니고 히잡을 쓴 거야. 만삭의 임산부인데 택시를 타고 가다……."

상아는 대강 스토리를 말해줬다. 듣고 나서 현건이 말했다.

"어젯밤에 검색하는데 그 영화 재상영하더라."

"무슨 영화?"

"〈말할 수 없는 비밀〉."

"아, 나도 한 번 더 보고 싶다. 여운이 남았었는데……. 여운이 남는 영화 실은 몇 안 되니까 말야. 어쨌더라. 영상이 아주 좋았지."

"그래 맞아. 영상이 빼어났지. 좋은 영화는 계속 계속 나오지. 지금도 영화 많이 보는 것 같네."

"지금은 예전보다 좀……. 나가기 귀찮을 때가 많아. 놓치고는 후회하고."

나가기 귀찮다는 상아 말에 현건이 얼굴을 찌푸리며 어색하게 웃었다.

영화라면 어지간히도 많이 보러 다녔다. 인디영화관을 찾아 멀리 있는 시까지 가서 일주일에 두세 번만 상영하는 영화도 놓치지 않고 본 것만 해도 셀 수 없었다. TV로는 안보고 둘 다 영화는 영화관에 가서 보려고 했다. 영화에 관해서라면 서로의 견해를 수용했고 누가 먼저였는지 모르지만 사귀면서 전염이 되어 영화관을 선호했다.

다시 〈말할 수 없는 비밀〉로 돌아왔다.

"그거 이따 볼래? 시간 되면. 암튼 오늘은 공치는 날이 된

거니까."

"그래도 되겠네. 2008년에 나왔지 아마. 검색해봐. 우리 같이 보지는 않았잖아."

"그랬지."

"기억나. 각자 따로 보고 이야기했지. 한 번 더 보자 했는데 막을 내려버렸어. 다들 피아노 배틀 장면이 압권이라고 난리 났었지. 나는 졸업식에서 상륜이 치다 뛰쳐나간 생상스의 백조가 가슴을 쳤어. 난 그 영화를 보면서 '영화는 흐르는 시간과 같다. 소설은 언제라도 보고 싶을 때 보면 되지만 영화는 그럴 수 없다' 영화 보는 도중 그런 생각이 들었던 것까지 기억나."

상아가 말했다. 지금 현건과 나눈 대화를 그때 똑같이 했다는 것도.

영화는 둘의 대화 중에서 높은 비중을 차지했다. 현건과는 영화 코드가 잘 맞는 편이었다. 두 사람 다 프랑스 영화 같은 섬세한 감정을 담은 디테일한 영화를 좋아한다는 점도 비슷했다. 상아는 프랑스나 아랍권 영화를 광적으로 좋아했는데 현건은 상아한테 영향을 받아서인지 그런 영화에 차츰 빠져들어 갔다. 우디 앨런 영화는 상아도 현건도 놓치지 않고 봤다.

그런데 지금 이 순간 아무 방해 없이 절친처럼 수다를 떨어도 겉도는 이야기만 한다는 느낌을 둘 다 동시에 느끼고 있었다.

시간이 얼마나 흐른 것일까. 프랜차이즈 카페의 인공 조명 아래에서는 의식하지 않으면 해가 지는 것이 가늠되지 않았다. 상아와 현건이 창밖으로 눈을 돌렸을 때는 어두워지기 직전이었다. 9월 초의 해는 아직은 길다.

현건과 사귈 때는 나이가 서른이 넘었지만 둘 중 누구도 결혼 말은 꺼내지 않았다. 결혼을 두려워했다. 서로가 알았다. 결혼은 남의 얘기이고 먼 훗날의 일이며 언젠가는 해야 할지도 모르지만, 지금은 아니란 걸. 결혼은 희생이고, 속박이며, 의무를 안고 살아야 한다는 걸. 어쩌면 너무 많이 앞서 알아버린 탓인지도 몰랐다.

현건과 헤어진 이후로 상아는 어떤 불안에 잠식당한 채 지내야 했다. 이별의 트라우마 때문도 있지만 꼭 그것만은 아니었다.

상아와 현건은 갑작스럽게 헤어졌다. 오 년을 사귄 것에 비하면 커다란 상처도 없었다. 도리어 오 년이란 긴 시간이어서일 수도 있다. 이상한 언밸런스였다. 현건이 강하게 잡았다면 헤어지지 않을 수도 있었다고 후에 상아는 문득 생각했다.

열다섯 살인 상아는 수업 중에 놀라운 소식을 들었다. 수학선생님은 수업 중에 누군가의 노크 소리를 듣고 문을 열고 나갔고, 잠시 후 일그러진 얼굴로 상아를 불렀다. 담임선생님이 교무실에서 기다리고 있으니 가보라고 했다.

"지금 바로 가봐."

수학선생님이 말했다. 상아는 안 좋은 얘기를 듣게 될 거라는 막연한 예감 속에 담임 앞에 섰을 때, "부모님 어디 가셨니? 가방 정리해서 나오너라." 했다. 왜요? 상아의 눈빛을 읽고 담임이 말했다.

"부모님이 교통사고를 당했다는구나. 몹시 다치신 것 같은데 나하고 같이 가보자."

담임은 친절하게 사고현장에서 가까운 시의 병원에 상아를 데리고 가주었다. 상아가 도착했을 때는 엄마는 이미 돌아가신 뒤였고 아버지는 다음 날 밤에 돌아가셨다. 그날의 악몽은 지병이 되어 상아를 괴롭혔다. 그때 상아는 슬픔의 무게를 감당하지 못하고 두 달이나 정신병원에 입원했다. 퇴원해 집에 와서는 알 수 없는 분노가 끓어서 또 한동안 학교에 가지 않고 집에 틀어박혔다. 상아가 집에 틀어박혀서 한 일은 자살노트를 썼다가 찢고를 반복하는 일이었다.

옆 동네에 살던 먼 친척 이모는 가끔 와서 상아를 돌봐주었다. 친척 이모를 따라 이모의 아들이 왔다. 막 대학생이 된

그는 엄마를 따라와서 기타를 쳐주었다. 몇 번 되지 않지만 상아는 위로를 받는다고 느꼈다. 꼭 그것 때문은 아니지만 상아는 서서히 회복되어갔다.

기타오빠가 군대에 가고 상아는 그가 들려준 기타소리가 몹시 그리웠다. 상아는 자신이 그를 기다린다는 사실을 알아차렸다. 슬픔은 연모로 변해서 이상한 집착증이 생겼다. 그 시기에 불안과 집착과 여러 가지 복합적인 마음의 병이 생겼다. 전형적인 불안장애였다. 머릿속이 뭉친 털실처럼 혼란으로 뒤엉켜 무엇에도 집중할 수가 없었다.

고등학생이 되어서는 친척 이모 집을 배회하며 기타오빠를 멀리서 지켜보기도 했다. 미행도 여러 번 하면서 애인과 만나는 것을 먼발치에서 염탐하곤 했다. 그가 들려주던 잔잔한 기타 음을 기억하려고 밤마다 애썼지만 끝내 제목도 선율도 완전히 잊어버렸다.

어느 날 현건은 느닷없이 어디 갈 데가 있다며 상아를 데리고 갔다. 현건의 집이었다. 상아는 깜짝 놀랐다. 현건의 부모님과 누나와 매형이 기다리고 있었다. 조카도 둘이나 있었다. 낯선 사람들 앞에서 상아는 몹시 경직됐고 시선 처리를 못해 진땀을 흘리며 거실 바닥에서 미끄러지는 실수까지 했다. 현건이 이상한 사람처럼 보였다. 상아가 마음의 병을 앓는다는 걸 자세히 모르는 현건은 상아의 경직되고 시큰둥하고 흥미 없고 여러 자잘한 반응에 대해서 고개를 갸웃거렸다. 상아는 현건의 집 방문이 공포로까지 느껴졌다. 현건의 부모님도 긴장을 풀고 편하게 하라고 다독여주었지만 상아는 그럴 수 없었다.

상아는 알 수 없는 병이 재발했음을 알았다. 열다섯 살의 악몽이 재현된 것이다.

현건은 그때 상아에게서 욕구과 흥미와 격정이, 기쁨과 슬픔까지도 모두 빠져나간 듯한 표정을 보았다. 심지어 공허까지도. 더 이상 욕망을 담지 않은 상아가 무서웠고 공포스러웠다. 현건이 생각해도 어떤 병명의 증후군이 있다면 증후군이 분명한 것 같았다. 그것도 깊은 병의 증후군 말이다. 그렇지만 불안장애라고는 생각도 못했다.

오 년 된 애인 사이임에도 이상하게 서먹해지고 틈이 벌어졌다. 상아는 현건을 밀어내고 있었다. 현건은 밀어내는 상아의 성격이 이상하다고 생각해본 적이 한 번도 없었다. 상아답다는 생각마저 들었다. 상아는 틈을 주지도 않았지만 틈을 주어도 결코 완전히 주지 않았던 것 같다. 현건은 상아의 밀어내는 성격 탓이거니 여겼고 밀어낸다고 크게 느끼지도 못했다. 여자는 다 조금씩 그런 면이 있잖아, 하고 가볍게 넘겼다.

상아는 뭔가에 짓눌리고 있었다. 그때 처음으로 담배를 피웠다. 단짝인 수영이 골초였는데 한번 줘 봐, 했고 수영은 놀라면서도 줬다. 그렇게 하는 게 아니고, 에이 초보야 이렇게. 하며 손가락 포즈까지 가르쳐줬다. 수영이 피우던 던힐을 그때부터 가끔 피우게 되었다. 수영은 던힐 파인 컷 영점일 밀리를 고집했다. 상아도 가느다란 던힐 파인 컷에 익숙해 갔다. 하여간 상아는 방 안에만 있으면 숨이 막히고 그럴 때마다 혼자 돌아다녔다. 낮에는 좀 낫다가도 밤이 되면 상상력이 꼬리를 물면서 우울과 무서움과 불안이 뒤섞인 이상한 정신 상태에 시달렸다. 그럴 때마다 배가 빵빵해질 때까지 찬물을 벌컥벌컥 들이켰다. 목이 뻣뻣해지고 실제로 침도 삼켜지지 않았다.

현건은 어느 때 어렴풋하게 상아의 불안을 눈치챘다. 그렇지만 인지하지 못하고 막연히 흘려버렸다. 상아는 늘 허둥댔다. 현건을 만나도 마지못해 나온 듯했다. 집에서 입는 트레이닝 바지를 입고 나온 적도 여러 번이었다. 함께 있어도 멍때리고 앉아 있곤 했다. 상아를 데리고 집에 갔을 때 상아의 당황해하는 모습은 잊을 수 없을 정도였다. 상아의 정말 어이없고 불쾌하다는 표정도. 말은 안 했지만 현건은 느낄 수 있었다. 그 뒤 둘은 극도로 서먹해져갔다. 상아는 약속을 자주 깼고 메시지를 무시하고 현건의 눈을 피하고 현건의 말에 반응하지 않았다. 그때 현건은 알아보았어야 했다. 왜 상아가 그러는지. 자신의 무심함을 자책했지만 때는 늦어 있었다.

현건이 볼 때 상아는 마치 사랑의 해방을 준비하고 있는 사람 같았다. 현건의 눈에 그렇게 보였다. 억압되고 짓눌린 사랑으로부터 벗어나고 싶다는 걸로 보였다. 그건 현건으로부터 벗어나고 싶다는 거였다. 그 분위기는 오래 이어졌다. 현건과 헤어질 때까지였으니까.

현건은 상아의 이런 점 때문에 사랑을 유지하기가 어렵겠다는 생각을 불현듯 했다. 사랑의 폭력, 사랑의 진부함, 사랑의 지겨움, 사랑에 관한 모든 부정적인 말들이 떠올랐고, 잘못한 게 없는데도 결론은 헤어지는 것밖에 없었다. 모두 다 사랑을 하고 난 후 찾아오는 사랑의 환멸에 관한 낱말이었다. 심하게 다투지도 않고 때리지도 않고 거짓말도 하지 않고 오직 사랑을 했을 뿐인데, 사랑을 나누며 시간이 지나갔을 뿐인데, 결과는 놀라울 만큼 진부한 사랑을 하고 난 것 같았다. 지나고 보니 참혹한 이별법이었다.

현건은 놀라울 정도로 차분하게 이별을 받아들였다. 몇 날 밤을 새우며 상아의 일방적인 이별통보를 돌려보리라 고심했지만, 다시 어째보겠다는 마음도 수없이 들었지만 받아들이기로 마음을 먹었다. 심한 현기증 같은 몸의 변화를 느꼈을 뿐 담담하게 받아들이고 상아를 놓아주기로 했다. 결심을 굳히자 오히려 현건도 사랑에서 해방된 듯한 감정이 들었다. 일시적인 감정이었다는 것을 바로 알아챘지만 사랑은 저 멀리 가버린 후였다.

상아는 몸 구석구석에서 한기가 느껴졌다. 더운데도 추위를 탔다. 호르몬 분비가 불규칙해지고 정서불안과 신경증과 심한 불면증 증세가 나타났다. 만사가 귀찮았고 의지가 강하지 않고는 견뎌내기가 힘들다는 걸 인지했다. 그것은 훗날 갑상선기능 항진증과 저하증을 오가는 상태의 병명으로 굳혀졌다. 그럴 때마다 상아는 달리기를 했다. 퇴근하는 길에는 꼭 달려서 집으로 갔다. 버스로 일곱 정류장이었다.

현건과 헤어진 걸 후회하지는 않았다. 누가 옆에 있으면 부담스럽고 없으면 그리워지는 상태는 되풀이되었지만 억지로 털어냈다. 차차 달리기를 하지 않아도 될 정도가 되었다. 점점 완전히 잊혔다.

상아는 현건의 눈빛만은 잊을 수가 없다. 현건이 상아를 바라보는 시선은 강렬했다. 어쩌면 현건의 버릇일지도 모르지만 상아는 불편했다. 매번은 아니지만 간혹 깊은 눈으로 상아를 들여다볼 때는 오싹 소름이 끼칠 정도였다. 몸속을 들여다보는 시선이었다. 간혹은 그 시선이 부담스러울 때가 있었다. 시선에 대응하는 값을 치러야 할 것 같은 의무감은 부담으로 다가왔다. 현건과 헤어지고도 그 시선은 한 번씩 떠오르다 차차 잊혔다.

사실 상아는 아까 현건의 눈빛을 받는 순간 전율 비슷한 걸 느꼈다. 몹시 오래전인 듯하다가 오 년의 시간을 건너뛰듯 어제 일 같기도 했다.

현건은 상아를 데리고 갈비탕 집으로 갔다.

가기 전에 상아에게 뭘 먹겠느냐고 물어서 상아는 뭐든지, 라면 먹은 지가 얼마 안 돼서, 하고 애매하게 대답했다. 사실 상아는 배고프지 않았고 식욕도 없었다. 갑상선을 앓은 후부터는 왕성하던 식욕이 거짓말처럼 뚝 떨어졌다. 눈앞에 음식이 있어서 먹으면 맛있다는 걸 느끼기는 하는데 먹기 전에는 당기는 게 없었다. 노인이 되면 입맛을 잃는 것과 같았다. 그건 일종의 형벌이었다. 본래의 상아는 탐욕스러울 만큼 먹는 것에 탐닉하는 타입이었다. 점심 후엔 저녁 메뉴를 말하고 자기 전에는 다음 날 아침 메뉴로 뭘 먹을지 계산해두는 식이었다. 그런데 언제부턴가 식욕이 가시고 피부가 버짐이 난 것처럼 거칠어지고 심지어 입술도 아침에 일어나면 타들어 가듯 바싹 말라 있곤 했다. 몸은 피로감에 늘 무기력했다. 마음은 뭐라도 하겠는데 막상 몸이 귀차니즘에 빠져들어 휴일이면 누워 종일 TV를 보거나 잠을 잤다. 권태를 벗어나고 싶은

데 몸이 말을 안 듣는 전형적인 노인의 증세였다. b가 데리러 오든가 전화로 재촉해서야 데이트를 나가곤 했다. 생리불순이 반복되고 심각함이 인지되어서야 병원에 가서 검사를 했다. 결론은 호르몬에 문제가 있다는 진단이었다.

상아는 아까부터 계속 신경 쓰이던 것을 물었다.

"아까 약속 있던 것 같던데?"

"응, 취소했어."

현건이 일 초 정도 있더니 말을 이었다.

"나 사귀는 사람 있어."

으응. 이 초 정도 상아의 마음속에 풍랑이 일었다 사그라졌다. 치아가 아픈 것처럼 입속이 욱신거렸다.

"그만 나갈까."

현건이 말하고 상아는 크로스백을 집어 들며, 나도 말해야 하는 건 아닐까 생각했다. 나도 있어, 사귄 지 꽤 되었어, 하고.

타이밍이 지금인데……. 생각뿐, 현건을 따라 일어섰다. 현건은 너도 좋은 사람 있어? 따위는 묻지 않았다. 현건이 물었다면 상아는 대답했을 것이다. 일 년 정도 되었나. 좋은 사람이고 또 또…….

오 년의 시간은 많은 일이 일어나기에 충분한 시간이다. 상아는 어느 날 교정 보는 작업의 지루함을 불현듯 깨달았다. 실은 오래전부터 회의가 왔었는데 가슴 깊이 간당간당 도사리고 있던 마음이 일시에 확 일어난 거였다. 거의 매일 컴퓨터 앞에 앉아 활자에 시달리고 월급을 받고 월급으로 한 달을 아껴서 살고 적금을 붓고 나이를 먹어가고 이렇게 늙어 갈 거였다. 상아는 놓치면 안 될 것을 깨달았다는 듯이 그런 생각이 돌연 들자 미치기 직전의 코끼리처럼 어떤 광기에 시달리기 시작했다. 컴퓨터의 활자만 봐도 그것들이 흩어지고 모이고 춤추고 돌아다니는 것 같았다. 꼭 그것들이 벌레같이 보였다. 검고 징그러운 벌레들은 상아의 눈에서 흩어졌다 모이고, 모이고 흩어지고를 반복했다. 더는 참을 수 없었다. 사표를 냈다. 퇴사도 쉽지 않았다. 회사에서 상아를 잡고 안 놔주고 설득하기를 몇 달이었다. 전문성을 발휘하는 대체직원 구하기가 어렵다는 건 누구보다 상아가 더 잘 알았다.

상아는 교과서 교정 작업을 12년 동안 해왔다.

상아의 어깨는 구부정해졌고 시력은 벌써 노안이 온 듯 침침할 때가 많다. 그만두리라는 생각은 매번 해왔다. 아슬아슬하게 매달려 있던 마음을 불시에 결론지었고 더 이상은 흔들리지 않을 자신이 있었는데도 간당간당하던 시기에서 일 년이나 지나 있었다. 이쯤 되어 상아는 고집으로 회사와 맞붙었다. 회사도 상아의 마지막 결심을 돌리지는 못했다.

교정을 보느라 매일 야근에 시달렸다. 신경 써서 집중해야 하는 교정 작업에서 해방되니 살 것 같았다. 상아는 일단 쉬고 다음에 무엇을 할지는 미정으로 미뤄뒀다.

상아는 아무 생각 없이 아무것도 안 하고 지내기로 했다. 퇴사 다음 날 머리를 자르고 영화 〈하루〉를 보고 이튿날부터 방에 콕 처박혀서 잠을 자고 또 잤다. 아무것도 안 하는 무위의 나날을 보내고 싶었지만, 방에서 뒹군 일주일 후에는 자동으로 스마트폰을 검색하는 자신을 발견했다. 습관의 흐름을 거스르기란 쉽지 않았다. 자신만의 방법으로 사는 것도 보통 일이 아니었다.

창업과 재취업을 검색하다 '바리스타 과정 입문하기'에 꽂혔다. 장소는 n시의 컨벤션센터였다. 이틀 일정으로 n시에 왔지만 하루를 일찍 와서 사흘 일정이 되어버렸다. n시는 뷰가 좋은 바닷가를 끼고 있어 돌아가는 길에 아주 심플한 휴가를 즐기듯 바다를 보고 갈 참이었다.

상아와 현건은 걸었다.

초저녁이 주는 분위기는 들떠 있고 생기가 돌았다. 저녁을 먹었으니 헤어질 일만 남았다. 초저녁의 설렘 속에서 상아도 현건도 밤이 아직 길게 남아 있다는 묘한 안도감이 들었다. 숙연해진 한밤중의 분위기가 되려면 한참의 시간이 남아있었다. 재개봉한 〈말할 수 없는 비밀〉을 보자는 말은 둘

다 하지 않았다. 아까의 영화 얘기는 꺼내지도 않았다.

현건이 말했다.

"숙소까지 걸어가자."

얼마 동안 말없이 걸었다.

깊고 농밀하고 이슥한 밤으로 향하는 시간이 흐르는 거리에서 내성적인 성격과 같은 차가움이 느껴졌다. 약간의 불편함과 약간의 죄의식과 약간의 수줍음을 가지고 상아와 현건은 나란히 걸었다. 비즈니스호텔은 얼마 안 가 나타났다. 여기야. 상아가 말했다. 여기야? 하더니 현건은 그냥 서 있다. 상아가 생각지도 않은 말을 불쑥 내뱉었다.

"시간 되면 술 한잔하는 건 어때?"

열다섯 살 이후 상아는 혼자 살았다. 혼자 사는 삶에 익숙했고 만족했다. 누군가 옆에 있는 게 오히려 어색할 정도였다.

현건을 만나고 사귀고 오 년이 지나고……. 이상한 불안병은 재발하고 현건과 헤어지고 차츰 냉정한 상아로 되돌아왔다. 불안 증세는 호전되었지만 상습적인 피로에 시달리게 되었다.

상아는 한꺼번에 나이를 먹어버린 것 같았다. 일찍 노인이 돼 버릴지도 몰라. 노인이 되면 이런 증상에 끊임없이 시달리며 하루를 보내게 될 것이 분명했다. 무거운 피로감과 시큰둥한 상태로 삶에 지친 나이 든 사람처럼 건성건성 일상을 보냈다. 상아는 마음을 뒤흔들 어떤 욕망이 없어진 지 오래됐다는 걸 자각했다. 그저 단순히 직장에 나가고 b와도 미래의 약속 따윈 없이 습관적으로 만난다는 생각이 들자 찬물을 뒤집어쓴 것처럼 확 정신이 들었다. 그렇다고 습관을 어쩌지는 못한다. 습관적 일상은 건조한 날씨와 같다.

상아는 현건과 만나기 전 남자를 사귀어본 적이 없었다. 현건이 처음이었다.

직장생활을 하며 돈을 모으고 자신을 위해 썼다. 첫 외국여행을 갈 때, 첫 비행기를 탈 때의 감동은 잊을 수 없다. 첫 음반을 사고, 첫 노트북을 사고. 뭐든 첫 자로 시작하는 단어는 새로웠다. 상아는 그때로부터 멀리 떠나온 것 같아서 슬펐다. 혼자 사는 삶을 완전히 받아들인 것은 이십 대 중반쯤이었다. 그때쯤엔 기타오빠는 완전히 잊었다. 다시는 정신과를 들락거리지 않기, 남들에게 연약해 보이지 않기, 혼자서도 즐기는 삶을 사는 것처럼 보이기, 타인에게 관대하기, 따위를 자살노트 대신 적어 넣고 되풀이해 새겼다. 혼자 사는 삶에 익숙해지기까지 오랜 세월이 걸렸다. 열다섯 살에서 십 년 이상 지난 것이다.

아주 잊은 상태에서 현건을 다시 만난 건 과즙 같은 것이다. 자두의 시디신 과즙이다. 아무 동요도 남아 있지 않은 상태는 감정의 동요를 재탄생시킨다.

상아는 현건과 헤어지고 담담하게 이별을 받아들였다. 마치 경지에 도달한 사람 같은 마음이었다. 상아가 일방적으로 이별을 통보했고 현건도 동의했다. 결과는 쿨한 이별방식이었다. 상아는 현건의 마음 같은 건 모른다. 그건 현건의 마음이므로. 현건이 치러야 할 몫이므로. 어쨌거나 상아는 현건과의 이별을 순리처럼 받아들였다.

현건도 이별을 담담하게 받아들였다. 상아의 일방적인 이별통보에 쓰라렸지만 상아의 한 번 아니면 아닌 성격을 알기에 매달리지 않았다. 매달릴수록 더 정떨어져 할 것이 확실했다. 막상 연락이 끊어지고 한밤중 같은 고독 속에 놓였을 때 현건은 자신이 초라해서 견딜 수 없었다. 현건은 견뎠다. 상아도 견딜 거였다. 모르지, 상아가 이별을 통보했기에 상아는 아닐지도 모르지. 상처가 덜 클지도 모르지. 그러나 상아 또한 견딜 거라는 걸 현건은 알았다.

이상했다. 왜인지 현건은 상아를 사랑하게 되는 순간부터 그녀를 잃는 것을 생각하기 시작했다. 믿을 수 없게도 상아가 떠나는 것이 맞다는 생각까지 들었다. 그래서 이별을 받아들이기 쉬운 건 결코 아니었지만. 사랑이란 시간의 길이에 관계없이 얼마나 깨지기 쉬운 것인지, 사랑의 연약함에 대해 현건은 사랑을 새로 배운 것 같은 기분이 들었다. 상아도 현건도 헤어지고 나서 똑같은 생각에 빠졌다. 사귀면서 사랑을 배웠기 때문에 이다음 사랑을 하면 좀 더 잘할 수 있을 것 같다는 게 공통의 생각이었다.

어색함은 처음부터 존재하지도 않았다. 뭘 하겠다는 계획도 앞으로 어쩌겠다는 말도 안 했다. 이끌리듯 밤의 시간 속으로 함께 들어갔다는 표현이 맞았다. 몸이 말을 했다. 상아도 현건도 몸이 시키는 대로 했다. 몸이 먼저고 감정이 따라왔다.

비즈니스호텔은 로비 한쪽에 여러 가지의 차를 마실 수 있게 준비가 돼 있었다. 종이컵에 티백 현미차를 두 잔 우려 들고 엘리베이터를 타고 룸으로 올라왔다. 헤어진 지 오 년이 된 사람들이 할 행동은 아니었다. 술은 완전히 깨어 있었다. 사실 술이랄 것도 없었다. 생맥주 500을 두 번 시켜 천천히 마셨으니 상아의 볼이 발그레해지다 원래의 상태로 되돌아왔을 뿐이다. 생맥은 현건에게도 가벼운 입가심 정도였다. 그러니 상아와 현건이 룸에 올라오는 엘리베이터에 함께 탄 건 술 탓이 아니다.

상아와 현건이 헤어지고 오 년이 지난 만큼 오 년의 시간은 응집된 깊은 농도의 시간일 수도 있다. 그러나 오 년 아니 십 년이라 해도 시간의 길이에 비례해 얼마나 쉽게 그 시간 또한 이어붙여지기 쉬운 것인지, 세상일은 정말 아무도 모른다. 더구나 사랑에 관해서라면.

현건과 함께 있는 동안 상아는 b를 까맣게 잊었다. 적어도 b 생각이 나야 하는 건 맞았다. b와는 일 년 정도 만나고 있다. 시간이 갈수록 일상적인 만남이 이어지고 있다. 상아는 딱히 b에게 바라는 것이 없다. 곁에 b가 있으니 아무도 없을 때보다 나아서 한 번씩 만나서 밥 먹고 영화 보고 연인들이 흔히 하는 데이트코스를 밟고 있다. 가끔은 반복되는 그 과정이 속박같이 싫기도 하지만 딱 끊어버릴 이유도 확신도 없어서 상아는 b가 연락을 해 오면 거절 없이 나간다. b를 만나는 뚜렷한 이유는 누군가 필요해서다.

누가 옆에 있으면 부담스럽고 없으면 그리워지는 것은 b와도 마찬가지다. 사랑도 반복 학습인 건가. 상아는 b와도 현건 때처럼 같은 패턴으로 연애를 하고 있다. 물론 상아 자신은 알아차리지 못하지만.

상아는 b를 만나면서도 때때로 스스로도 납득할 수 없는 질문이 생길 때가 있다. 난 왜 b가 나오라면 나가고 전화를 기다릴까. b를 진짜 좋아하는 걸까.

b 역시 가끔 상아에게 의문스러운 질문을 할 때가 있다.

"넌 내가 좋아? 어디가 좋니?"

상아는 b의 이런 질문이 요즘 들어 버겁게 느껴졌다. 연인이지만 심심한 과일 맛 같은 사이라는 생각이 불쑥불쑥 들었다. 덜 익어 맛이 없거나 맛없는 종자인 과일 말이다. 사람 사이의 감정이 같지 않다는 건 커다란 불행일지 모른다.

얼마 전인가, b가 프러포즈 비슷한 걸 했다. 프러포즈인 건 맞는데 앞뒤가 다른 질문은 상아를 당황시켰다. 술을 마셔서인지 뒤죽박죽인 내용의 결론은 상아와 결혼하고 싶다는 것으로 해석되었다. 사실 b도 상아도 나이가 찰 대로 찼다. 상아가 결혼을 할 거라면 곁에 있는 b 말고는 없다. 상아는 b를 만나면서 결혼 생각은 해본 적이 없다. b가 구체적으로 프러포즈를 해 온다면 몹시 당황해서 누구세요? 저한테 왜 이러세요? 물을지도 모른다. 상아 또한 술을 핑계 삼아 두루뭉술하게 넘어갔다. 상아는 b와도 이렇게 끝내야 하는 건 아닐까 씁쓸한 생각이 들었다.

오 년 만에 아무런 동요도 남아 있지 않은 상태에서 현건을 만났다.

오 년이 지난 지금 딱 한 가지 변치 않는 것이 있었다. 현건의 얼굴이 희었는지 노랬는지 기억도 가물가물했는데 밤의 터치는 기억났다. 현건이 상아를 안는 순간 상아는 오래

전의 밤의 터치를 기억해냈다. 감각은 기적처럼 상아의 몸이 먼저 알아챘다. 상아의 감각이 되살아났다. 기억은 컴퓨터처럼 몸 안에 저장되어 있다가 마우스로 클릭하자 재생되었다. 상아와 현건은 격정에 휩싸였다. 그는 예전과 똑같았다. 격정으로 시작하는 터치도, 만지는 손길도. 중간에 다른 점이 하나 있긴 했다. 사랑을 나눌 때 전에는 대화를 많이 했다면 대화가 짧았다. 여기 괜찮아? 이렇게 할까? 이런 말밖에는. 둘 다 이 밤이 무척 짧으리라는 것을 알았고 아침이 오면 서로의 길을 가야 할 것을 알았다.

상아는 끝나갈 즈음 갑자기 확 슬픔이 차올랐다. 이것은 상아의 버릇 중 하나로 한 번씩 견딜 수 없이 슬픔이 차오르고 눈물이 나는 것이다. 매번은 아니고 어쩌다 한 번씩 성행위가 끝나갈 때 몹시 쓸쓸해지는 옴네아니말이 나타난다. 상아가 과도하게 몸을 비틀어 몸부림치며 흐윽 하고 울었다. 상아는 이렇게 안타깝고 슬픔이 곧바로 차오르는 묘한 감정을 현건과의 관계에서 여러 번 느꼈고 현건과 헤어진 후론 다시는 이 감정에 빠진 적이 없었다. 상아는 순간적으로 백치처럼 울었다. 눈물 한 줄기가 상아의 뺨을 타고 귀밑으로 흘러내렸다. 쾌감과 동시에 오는 슬픔은 인간의 원초적인 감정이다.

현건은 상아가 울면 내버려두었다. 상아가 무엇 때문에 우는지 알지 못했다. 옴네아니말 따위는 알지 못했을뿐더러 왜 우는지 물은 적이 한 번도 없었다. 섬세한 성격의 현건이라도 상아의 감정을 모두 알아낼 수는 없다. 현건은 이번에도 상아가 우는 것을 내버려두었다. 여자란 원래 이렇게 복잡해, 하고 있을지도 모르고 왜 울까, 같은 건 관심 밖인지도 모를 일이다.

그는 상아 위에서 내려오지 않고 상아를 끌어안고 밀착한 채 오랫동안 움직이지 않다가 몸을 떼지 않은 상태에서 옆으로 돌렸다. 상아도 현건과 똑같이 몸을 떼기가 싫었고 이렇게 오랫동안 이 자세로 있었으면 싶었다. 상아와 현건은 한참 동안 그대로 있었다. 상아는 비현실적인 세계 같은 깨끗하면서 슬픈 감정이 지나가자 울음을 삼키다가 현건의 품에서 잠이 들었다.

상아와 현건은 헤어진 이유를 알 수 없었다. 상아의 불안병 때문이었을 수도 있고 상아가 먼저 밀어내다가 차버려서였을 수도 있다. 둘 다 담담하게 이별을 받아들이긴 했지만 완전히 쿨하게 헤어진 건 결코 아니었다. 겉만 쿨한 거였다. 오 년이나 사귄 연인이 헤어지는 이유는 분명히 있다.

물론 현건이 상아의 불안을 포함한 여러 가지 정신적인

문제에 대해 간과하기도 했지만, 상아의 불안정한 감정 기복 때문에 둘은 많이 다퉜다. 이런 문제는 다툰다고 해결되는 게 아니기에 피로만 가중될 뿐 해결책이 없었다. 그러니 오 년의 시간이 흐른 지금 이유를 모른다고밖에 할 말이 없다. 둘 중 누군가 배신한 것도 아니고 심각한 잘못을 저지르지도 않았다. 이유라면 연애의 식상함이나 피로쯤이 될는지도 모르겠다. 이런 식의 결별도 있는 법이다.

지금 생각하면 이상하지만 그때는 꼭 헤어져야 맞았다. 투닥투닥하면서도 잘 조율해 나가는 사이였다. 이렇듯 맞는 사이가 결혼한다면 잘한 결혼이 될 것이다. 문제는 현건보다 상아 쪽에서 드는 공허감이 크다는 것이다. 그러니 상아가 문제인 것은 분명하다.

상아는 알 수 없었다. 다른 친구들은 그렇게 잘 맞으면서 결혼을 안 한다면 뭔가 다른 문제가 있지 않아? 하는 말을 노골적으로 했다. 상아 주위 친구들은 외국에 나가 있는 한 친구를 빼고 모두 결혼했다. 세 아이의 엄마도 있고 애가 초등학교 2학년인 친구도 있다. 상아는 나이가 들수록 결혼이 두렵게 느껴졌다. 독신주의는 아니다. b가 상아의 대답을 기다리는 중임을 상아는 알고 있다. 결혼을 승낙하지 않으면 b와도 헤어져야 하는 건가, b와의 관계를 이어갈 마음이 점차 사그라지고 있다. 그녀의 마음은 혼란스럽기만 하다.

상아는 깨어났다. 한밤중이었다. 익숙한 침대가 아닌 것이 바로 느껴졌다. 도시의 불빛이 창문 틈새로 들어와 거뭇하게 주위가 식별되었다. 현건은 깊은 잠이 들어 있다. 그의 고른 숨소리가 이상한 안도감을 준다. 상아는 다시 눈을 감았다. 오 년의 간극이 찰나인 것인지도 몰라, 다시 현건과 이어질 일은 없을 것이다.

상아는 잠든 현건을 느끼며 새벽이 올 때까지 그대로 있었다.

아문 자리에 또 다른 상처가 날지도 모르나 지금 이 밤만은 영원하기를 바랐다. 아문 자리에 상처가 또 나도 상처는 나을 것임이 분명하다. 그렇게 상처 위에 상처가 나고 상처는 아문다. 어쨌거나 비즈니스호텔의 어느 룸에도 새벽이 오고 있다.

어둠이 차차 물러나고 방 안의 사물이 제대로 보이기 시작했다. 상아는 깜빡 잠이 들었다. 얇은 홑이불을 두르고 상아와 현건은 몸을 맞댄 채 잠들어 있다. 흰 린넨 홑이불이 그들 위에서 풀이 죽은 채 구겨져 있고 침대는 흐트러져 있다.

휴게소에서의 오후

그녀의 비밀이 들통 날 위기에 처했다.
집에 가면 남편과 아들이 있지만 지금은 이 남자가 좋아서 만나고 있다.
콘솔 박스에 입을 심하게 부딪치고 미각을 상실하는 이상한 오후였다.
이 불안한 사랑은 휴게소에서의 추돌사고로 끝내야 할 위기에 처한 것이다.

*

일은 예기치 않게 벌어졌다. 추돌사고는 모텔에서 나와 휴게소에 딸린 주유소로 들어가던 참에 일어났다. 없던 차가 느닷없이 끼어들었다고 느낀 순간 신애는 정신을 잃었다. 뭔가 엄청나게 크고 둔중한 것이 머리에 부딪힌 느낌이었고 곧 아득해졌다. 아득함 뒤에 정신을 차렸을 때는 운전대의 남자가 차 밖에 서서 누군가와 실랑이를 하고 있었다. 남자와 실랑이를 벌이는 사람은 60대로 보이는 남녀였다. 딱 봐도 기름이 번지르르하게 부티가 나는 검은색 승용차가 신애가 탄 레저차량 앞 범퍼에 부딪혀 있었다. 검은 승용차는 길에서 가끔 보이는 고급 차종인 듯했다. 이것이 신애가 본 풍경의 전부다.

곧이어 그녀에게 놀라운 일이 일어났다. 밖으로 나가야

되는 것은 마음뿐, 턱 쪽에서 얼얼한 통증이 느껴지기 시작했다. 통증은 점점 더해 얼굴 전체가 아파왔다. 그녀는 얼굴을 심하게 찡그리는 대신 우아한 태도를 유지하려 했다. 차 문을 열 힘도 없었다. 통증은 점차 심해졌다. 머리가 띵하고 턱과 얼굴 근육이 욱신거렸다. 무엇보다 침을 삼키기가 어려웠다. 그녀는 곧 머리를 감싸 안으며 고개를 떨어트렸다.

신애는 소음으로 가득 찬 응급실 침대에 누워 있었다. 주위는 세상의 모든 소리가 총집결된 듯 아우성으로 가득 차 있었다. 침대 바퀴가 굴러가며 모서리에 신경질적으로 부딪히는 소리와 짐승인지 사람인지 모를 신음소리가 뒤섞여 있다. 흰 벽과 천장과 링거 꽂는 밀대가 여러 대 눈에 들어오고 칸칸이 처진 커튼 살과 여기저기 널려 있는 의료장비 손수레, 두서없이 왕래하는 사람들 때문에 정신 사나웠다. 턱이 빠졌나 싶게 턱 주위는 계속 얼얼하고 둔중한 뭔가가 입안에 들어 있는 느낌은 몹시 기분 나빴다. 신애는 괜찮다고 빨리 집에 가야 한다고 작은 소리로 간호사가 지나갈 때마다 웅얼거렸지만 휙휙 지나치는 간호사들은 들은 체도 안 했다.

한참 후 신애가 눈을 뜨자 남자가 그녀를 내려다보고 서 있다. 남자는 멀쩡했다. 신애는 입을 움직이려고 애를 썼지만 못 알아듣는지 남자는 신애 쪽으로 고개를 숙이고 입안을 꿰

매야 한다고 설명했다. 남자의 입 모양을 보고 겨우 알아들을 수 있었다. 간호사 두 명과 남자 의사가 진료 수레를 끌고 신애 쪽으로 왔다. 입을 어찌나 세게 앙다물었는지 간호사 둘이 손으로 신애의 입을 벌려야 했다. 그들은 신애의 입을 벌려 치과에서 쓰는 개구기를 걸고 "주사가 좀 아픕니다." 하더니 마취를 하고 바늘로 신애의 입안을 꿰매기 시작했다. 신애는 차에 부딪힐 때처럼 재차 졸도를 했다.

한참 전에, 그러니까 고속도로 톨게이트에 하이패스가 설치되기 전의 시절이었다.

휴게소는 철거되어 지금은 흔적도 없이 사라져 버렸지만, 그 당시엔 휴게소 뒤에 모텔이 딸려 있었으니, 어쨌든 지금보다는 더 낭만적인 시절 같기는 했다. 휴게소에 차를 대고 자판기에서 커피를 뽑고 식사를 하고 편의점에서 생수를 사며 쉬어 가려고 주차하는 과정에 추돌사고가 발생한다. 속력을 내지 않는 휴게소 내에서의 사고는 흔치 않지만 어쨌든, 차 사고로 이름이 신애라는 여자가 혀를 다친다. 신애가 콘솔 박스에 입을 심하게 부딪치고 정신을 잃고 미각을 상실하는 이상한 오후였다. 이 우연한 차량사고를 계기로 그녀의 비밀이 들통날 위기에 처한 것이다. 신애는 집에 가면 남편과 아들이 있지만 지금은 이 남자가 좋아서 만나고 있다. 애인을 만날 동안은 집 같은 건 까맣게 잊고 애인에게 홀딱 빠져 시계가 몇 시가 되었는지도 모른 채 원시시대처럼 저무는 해를 보고야 시간을 알아차리고 퍼뜩 놀라는 것이다. 아무튼 이 불안한 사랑은 휴일 오후 휴게소에서의 추돌사고를 계기로 끝내야 할 위기에 처했다.

*

공무원인 신애는 일요일 아침이면 등산복을 입고 집을 나섰다. 등산화를 신고 배낭을 메고 스틱을 들고, 선글라스도 잊지 않고 꼈다. 영락없이 높은 산을 등반하러 가는 폼이었다. 누가 봐도 등산 마니아처럼 보였다. 신애는 긴긴 외출을 했다. 아침 일찍 나가면 돌아오는 밤까지는 서울에서 부산까지 케이티엑스를 타고 두 번 왕복할 수 있는 시간과 맞먹었다. 돌아오는 시각은 빠르면 하늘빛이 어두운 경계를 막 넘어서는 시각이기도 했고 늦을 때는 밤이 이슥해서 모두가 잠든 고요한 밤일 때도 있었다. 신애의 긴긴 외출은 휴일이면 한 번도 빼먹지 않고 이어졌다. 그녀는 집을 나갈 때도, 들어올 때도 당당했다. 결혼한 여자가 이른 새벽에 나가도, 밤늦게 들어와도 주위를 두리번거리거나 남의 시선을 의식하지 않았다. 산행에 필요한 아우터며 모자, 배낭을 사기 시작하는 신애를 기준은 의아해했다. 궁금해하면서도 에둘러 묻는 건 여전했다. 곧바로 묻지 않는 것은 기준의 특징이었다.

"등산 그거 아무나 하는 거 아닌데, 운동치인 당신이?"

혼잣말하듯 물으면서도 누구랑 가는지는 묻지 않았다. 성질 급한 신애가 먼저 "친구가 권해서 등산 동호회에 들었어. 중2 때 짝꿍 여진이 알지?" 하고 말했다.

"어, 여진 씨."

기준은 여진을 본 적은 없었다. 신애의 입에서 잊을 만하면 여진의 이름이 튀어나왔기 때문에 만난 적이 여러 번인 듯한 착각마저 들었다. 직접 보지도 않고 훤히 알고 있는 이 이상한 현상에 대해서 기준은 한 번도 의심을 해본 적이 없었다. 요즘 여진은 뭐 하고 있는지, 글 쓰는 작업은 잘 돼 가는지, 순간적으로 궁금함이 스쳐 갔다. 신애가 종종 여진의 이름을 이용하는 것을 여진이 알면 어떤 심정일까.

여진은 신애의 중2 때 짝꿍으로 다른 고등학교로 진학해서도 주기적으로 만나던 친구였다. 그러다 신애가 공무원 시험에 합격해 직장생활을 하고 있을 때 여진은 신애의 시야에서 사라졌다. 여진을 다시 만난 것은 십사 년 만이었다. 오빠네 동네 골목길에서 여진을 만났을 때 만나지 않은 딱 십사 년만큼 여진은 나이 들어 보였다. 여진은 그때 땅만 보고 걷고 있었는데 신애가 먼저 알아보았다. 이 동네 살아, 여진이 말했다. 결혼은, 애는, 남편은 뭐 하는 사람이고, 웬일이니? 신애가 궁금함에 겨워 따발총으로 묻자 여진이 말했다. 결혼도 했고 아이도 둘이나 있어. 눈을 동그랗게 뜨고 서로의 신상정보 교환이 끝난 후, 신애가 뭐 하고 사니? 물었을 때 여진의 대답은 의외였다. 나 글쓰기 해, 소설 써, 부끄러움을 담고 여진이 조그맣게 중얼거렸다.

"뭐, 소설?"

"응, 소설."

"그거 어렵지 않니? 참 네가 중2 때 엄청 어려운 국어 주관식 문제를 전교에서 혼자 맞추긴 했지. 국어선생님이 너 칭찬하던 거 기억나. 너 국어는 잘했지. 그럼 책은 냈어?"

신애가 묻자 여진이 특유의 무표정으로 책 내는 건 쉬운 일이 아니야, 언젠가는 내게 되겠지. 소심하게 대답했다. 신애는 여진의 표정만 보고는 좋은지 싫은지 얼른 파악되지 않았다.

"야, 너 대단하구나. 아이를 키우며 글을 쓰고."

"글은 내가 가장 좋아하는 거라서 하고 있는 걸 거야."

여진은 마치 남의 말 하듯이 말했다.

신애는 소설을 쓴다는 여진이 신기하기도 하고 부럽기도 하고 질투도 나고 묘한 여러 가지 마음이 교차하고 지나가는 것을 느꼈다. 그러나 어쩐지 여진이 글을 쓰고 있는 고요한 모습이 그림으로 그려지지 않았다. 신애는 여진이 고요히 앉아 등장인물을 만들고 지문을 넣고 스토리를 엮어 나가는 모습이 상상이 안 되었다. 과거 신애가 알던 여진과 불일치해 보였다. 말이 없고 차갑고 표현을 잘 안 하는 여진은 이거다 싶게 딱 어울리는 게 없어 보였으니까. 신애는 불쑥 물어보았다.

"어떻게 쓰니?"

"응? 그냥 앉아서."

"노트에? 볼펜으로?"

"아니, 노트북으로……."

"그렇구나. 어디서? 집에서?"

"아니, 저 입구에 카페 있어."

"아, 아까 오면서 보니 카페 생겼더라. 이 동네 참 많이 변했다. 너 보려면 그 카페로 가면 되겠구나."

그 후로 몇 달에 한 번 정도로 여진을 만났다. 일 년 동안 단 한 번도 만나지 않은 적도 있었다. 가끔 통화는 했고 곧 첫 소설집이 나오게 될 거라는 말을 들었다. 그것도 벌써 몇 달 전이다. 기준에게 여진의 이름을 이용하는 것을 여진이 알면 어떤 심정일까. 여진에게 미안한 마음이 스치고 지나갔지만 찰나였다.

신애는 기준을 다 안다는 듯이 속으로 네가 알고 싶은 건 따로 있잖아? 묻어두고 느긋이 기준을 바라봤다. 한참 있다가 기준이 무심함을 가장하며 지나가듯 말했다.

"진짜 등산 간다고? 동호회에 들었다고? 동호회 사람들을 따라잡겠어? 그 사람들은 전문가들이라고. 괜히 민폐 끼치는 꼴이나 될걸."

기준은 의심을 담아 신애를 응시했다.

"걱정 마. 내가 얼마나 날렵한지 당신이 알아? 초딩 때 육상선수였다고 내가 말 안 했던가?"

"초딩 때가 언젠데? 왕년에 공부 잘하고 잘살았다는 말하고 똑같네."

기준이 입가에 냉소를 머금고 신애를 째려봤다. 신애는 개의치 않고, 따라잡으면 어쩔 건데? 따지고 싶지만 일초 누그러뜨리고 냉정해지자 마음먹자 이 순간이 참아졌다. 참아야만 되느니라, 다음을 위해. 경험상 언제나 결과는 참기를 잘했다는 쪽으로 판명이 났다. 말은 다음 말을 불러오니 이쯤에서 그만둬야 이어지지 않는다. 신애는 숨을 크게 내쉬고 기준을 향해 톤을 높여 한마디 했다.

"뭐 먹고 싶은 거 없어? 장 보러 갈 건데 말해."

신애 자신이 들어도 상황 전환의 변명이 과하다는 느낌을 마지막 말 '말해'가 얼른 덮어버렸다. 지난 계절부터 새롭게 시작한 등산을 기준은 처음엔 의심을 담아 바라보았지만 별 내색 없이 인정해주는 분위기로 돌아섰다. 아들은 기준과 신애 어느 쪽도 간섭하는 걸 극도로 싫어해서 신애가 나가든 기준이 나가든 관심 밖이었다. 혼자 노는 걸 좋아하고 성격은 신경질적이고 지시는 더욱 안 들으려 하는 게 클수록 심했다. 별나고 모든 것이 까다로운 취향을 가진 애였다. 도대체 누구를 닮았는지 모르겠다고 신애도 기준도 투덜거리곤 했다.

*

집을 나서는 휴일에는 한 번도 흐리거나 비가 오지 않았다. 이상할 만큼 휴일마다 신의 명령처럼 날씨가 맑고 쾌청했다. 이처럼 완벽한 날씨는 야외활동하기에 딱이었다. 신애는 운동을 좋아하지 않았다. 부서에서 봄, 가을 일 년에 두 번 가는 간단한 걷기대회도 의무상 겨우 참석할 정도였다. 연례행사인 걷기대회는 거의 소풍 수준이어서 좀 걷다가 준비해 간 음식을 먹고 오는 길에 영화를 한 편 보는 것이 다였다.

그녀가 어쩔 수 없이 기준에게 일요일 외출에 대해서 말해야 했을 때 그녀는 이렇게 말했다. 친구 여진이 가는 등산동호회에 가입했는데 휴일마다 등산을 갈 거라고. 똥배 들어가는 데는 딱일 거라고. 친구 따라 간다는 말에 기준은 긍정도 부정도 아닌 무표정이었다. 신애는 기준의 눈동자를 읽을 수 없었다. 평소에도 기준의 애매한 표정은 얼른 읽어내지 못할 때가 많았다. 그는 주장을 펼치기보다 알아서 해, 라는 말을 자주 하는 편이고 싫다 좋다 내색 없이 잔소리까지 없어서 매사 시큰둥해 보였다. 그녀는 기준이 좀 답답하게 느껴졌지만 적당히 너그럽고 무관심해 보이는 게 편하다고 생각했다. 한 십오 년 넘게 살다 보니 그렇게 길들여졌다는 표현이 맞았다. 신애는 언제나 주변 상황이 좋게 흘러가기를 바란다. 그래서 굳이 자신의 의견을 밀어붙이지 않았다. 좋은 게 좋다는 식으로 되도록 기준과 아들 의견을 따르고 큰 기대도 불평도 하지 않았다. 그러나 기준은 그런 것 자체를 몰랐다. 신애가 기준에게 맞춰주는지 따위는 생각도 안 했다. 기준은 집안일을 잘 도와주고 불평 안 하는 것을 최선으로 알고 누구 나 같은 사람 있으면 나와 보라 그래, 가끔 진담 섞인 농담도 했다. 신애는 성가시고 귀찮은 상황과 맞닥뜨리는 게 싫었다. 굳이 토를 달아 생기는 불협화음이 죽도록 싫었다. 경쾌하고 무난하게 인생이 굴러가기를 바랐다. 의견을 피력하기보다 그러려니 하고 따라가는 것이 편한 신애의 성향이었다. 그래서인지 기준은 신애가 다소 복종적이어서 다루기 쉬운 착한 여자라고 믿었다. 그건 기준의 착각이었지만.

애초에 신애는 기준과 결혼까지 가게 될 거라고는 상상도 못했다. 그녀는 결혼하면 맞벌이보다는 경제력이 있는 남자를 만나 집에 눌러앉아 남편의 내조를 하는 쪽을 선호했다. 살림에 의욕이 있어서가 아니라 막연한 희망 같은 것이었는데 우연히 장난삼아 본 소개팅에서 기준이 신애에게 첫눈에 홀딱 반해 신애를 쫓아다녔다. 신애는 좋다 싫다 표현을 안 했다. 좋은 것도 아니고 싫은 것도 아니었다. 기준이 심하게 밀어붙이자 신애는 결혼을 결심했다. 막상 결혼을 결심하자 갑자기 죽도록 사랑했던 것처럼 기준이 좋아졌다.

신애는 딸로서, 아내로서, 엄마로서 살아왔다. 어린 시절에는 엄격한 부모 밑에서 어른 말 거역하면 안 된다는 교육을 받았다. 결혼해서는 충실한 하녀처럼 며느리와 엄마와 아내의 역할에 직장생활까지 잘 해냈다. 사실 신애는 게으른 편이었지만 투덜거리면서도 제 역할을 하는 편에 속했다. 그래야 마음이 편했다. 깐깐하고 벽창호처럼 정직하기만 한 장인장모는 법 없이도 살 사람들이고 그 밑에서 자란 신애는 도덕관념이 있고 정직이 넘치고 거기다 직업도 공무원 아닌가. 기준은 신애를 이렇게 봤다.

기준이 출근하고 한 시간 뒤 신애가 출근했다. 신애는 아침 방송을 보며 느긋이 출근 준비를 했다. 기준은 이해심이 깊었다. 크게 범위만 벗어나지 않는다면 기준은 신애의 뜻을 따라주었다. 신애가 음식 솜씨가 없고 살림살이가 서툴러도 태평하게 받아들이고 잔소리도 하지 않았다. 가끔 들르는 시어머니가 어질러진 집 안을 보고 신애에게 볼멘소리를 늘어놓아서 시어머니만 왔다 가면 싸웠다. 시어머니의 여파로 싸울 때를 빼고 그들 부부는 평온하게 일상생활을 했다. 물처럼 밍밍하고 평화처럼 단조로운 생활이었다.

사실 신애는 결혼 십오 년 차로 연애의 기대 따윈 가져본 적이 없었다. 결혼과 동시에 세상의 모든 남자를 이성으로 보는 시각에서 아웃시켰고, 주위의 어쩌다가 들려오는 불륜이 발각됐다는 소문이 들리면 피곤하게 뭐 하러 그런 짓 한대? 하는 쪽이었다.

그것은 막 시작하는 감기의 두통처럼 왔다. 남자는 터프가이형이었다. 껄렁했고 건들거렸고 머리를 한 손으로 슥 넘기고 손을 주머니에 찌르고 다니는 타입이었다. 머리를 흔들며 머리칼을 슥 넘기는 따위의 제스처 같은 걸 싫어하는 신애였지만 어쩐지 이 남자는 예외였다. 눈을 찌르는 앞머리를 쓸어 넘기는 어설픈 행동을 수도 없이 했는데 용서가 되고 귀엽게까지 보였다. 뒤에 알고 보니 남자가 어색할 때 쓰는 습관성 행동이었다. 게다가 건들거리는 걸음걸이는 또 뭐람. 이유는 모른다. 설명할 수가 없다. 굳이 이유를 대라면 젊기 때문에 어울렸달까. 신애가 청춘의 나이였다면 취향상 칫하고 무시했겠지만 나이가 조금 든 후론 귀엽게 보이는 게 이상한 징조였다. 그러나 남자와 막상 나이를 터보니 신애보다 겨우 세 살 적었다. 신애도 동안인 편이었지만 남자는 진짜 동안이었다. 어느 날 남자가, 당신은 이제 애인이야, 내 애인, 하고 백허그를 했을 때 신애의 머리에 스파크가 일었다. 남자는 애인, 소리를 내는 자기 자신에 홀려 있는 듯했다. 마치 애인의 단어에 이끌려 신애가 아니어도 그 누구라도 좋았을 것 같다는 뉘앙스였다. 신애가 놀란 것은 애인이라는 단어가 허공에 붕 뜨더니 뇌리에 깊숙이 박혔기 때문이었다. 애인? 깊고 깊은 관계가 애인 아닌가? 부정 아닌 부정이 머리칼을 쭈뼛 세우게 했다.

*

고속도로 휴게소 이름은 남강휴게소로 어디에나 있는 평범한 휴게소지만 휴게소 뒤를 돌아가면 다른 세상처럼 놀라운 풍경이 펼쳐졌다. 구불구불 이어지는 긴 강변은 누구라도 잠시 마음이 설렐 정도로 아름다웠다. 강변을 배경으로 모텔은 휴게소 뒤에 숨듯이 있었다. 대충 보면 모텔이 있을 거라는 상상이 안 들었다. 사람들은 휴게소 뒤로 산책을 가서야 별장 같은 흰 건물의 모텔을 보고서 화들짝 놀랐다. 그러고는 호텔 같은데 모텔이네 예쁘다, 하는 반응을 보였다. 상호는 '휴게소 모텔'로 별로지만 모텔의 첫 주인은 아마도 꽤 로맨틱한 취향의 소유자였던 게 틀림없었다. 아름다운 강변에 반해 호텔을 하고 싶지만 자금이 부족해 모텔로 사업을 축소하고 언제나 돈이 문제라니깐, 하며 구시렁댔을 주인의 모습이 안 봐도 떠오를 지경이었다.

남자는 신애를 옆에 태우고 언제나 이 모텔로 왔다. 남자의 차는 카키색의 멋진 레저용 차였다. 신애도 이 모텔이 좋았다. 시내에 있는 휘황찬란하면서 덜떨어진 불륜의 냄새를 풍기는, 이름까지 노골적인 모텔보다는 휴가지 같은 이곳을 선택한 건 탁월했다. 신애는 남자의 행동이 너무 자연스러워서 이런 데 자주 오는 단골일까 하는 생각이 순간적으로 들었지만 그런 걸 구체적으로 물어볼 수는 없었다.

더블베드에 각이 잡힌 침대보 위에 나란한 베개 두 개가 눈에 들어왔을 때 그녀는 민망해서 어물어물 시선을 떨어뜨렸다. 화장대에 텔레비전에 에어컨에 인터넷까지. 밥만 못 해 먹지 여기서 한 며칠 살아도 되겠다 싶어서 신기했다. 욕실은 물기 한 방울 없이 보송보송하고 틀면 곧바로 더운물이 콸콸 나왔다. 곰팡이 낀 신애 집 욕실에 비하면 고급스러웠다. 그러나 사실 모텔은 낡았고 오래된 건물 특유의 퀴퀴한 냄새가 났다. 건물의 흰 페인트는 얼핏 보면 청결해 보이지만 오랫동안 새로 칠하지 않아서 회색에 가깝게 탈색되고 바람만 불어도 페인트 가루가 날렸다. 들어서면 락스 냄새에 싸구려 방향제 냄새가 실내에 떠돌고 값싼 설탕물 같은 단내가 벽과 계단에 배어 있었다. 카운터 옆 계단참에는 음료수 자판기와 담배 자판기와 알 수 없는 용품이 담긴 이상야릇한 자판기도 있었다. 희고 심플한 외관과 반대로 룸은 꽤 에로틱하게 꾸며져 있었다. 망사커튼과 겹쳐서 세피아색 커튼이 이중으로 쳐져 커튼을 치면 낮에도 한밤중이었다. 창가에 놓인 보라색 벨벳 러브소파는 묘한 무드를 연출했다. 아무튼 신애는 유흥업소에 왔다는 느낌이 제대로 들었다.

모텔 안은 세상과 단절된 새롭고 낯선 세계였다. 그 세상은 따뜻했다. 한순간도 멈추지 않는 머릿속의 생각만 아웃시킬 수 있다면 누구의 방해도 받지 않고 둘만의 세계에 빠질 수가 있었다. 세상은 참 놀랍고 탁월해서 안 되는 것이 없었다. 하려고만 든다면 얼마든 욕망을 채울 수 있고 누릴 수 있었다. 돈으로 지불할 능력만 되고 상대만 있다면 말이다. 남자는 건들거리면서 다분히 연극적인 데가 있었다. 뭘 해도 동작이 컸다. 목소리도 성악가처럼 우렁차고 높낮이가 강했다. 남자의 모든 것은 기준과 반대였다. 기준이 지적으로 보인다면 남자는 지적이지 않았고 기준이 조용하고 사려 깊다면 남자는 활기차고 표정이 즉각 바뀌어서 신선한 타입이었다. 기준과는 전혀 다른 세상 사람 같았다. 신애는 직장동료 외의 다른 사람과 술자리를 하고 약속을 잡는 자신이 어이가 없었지만 내면이 시키는 대로 했다. 차츰 대담해졌다. 신애는 결혼 후 기준 말고 남자에게 처음으로 욕망을 느꼈다. 두렵고 낯선 욕망이었다. 신애는 남자를 만나면서 원하지 않는 인생에 휩쓸려 가는 거라는 걸 알면서도 남자를 거부하지 못했다. 룸은 잘된 난방 탓에 습하고 후텁한 공기가 숨이 막혔다. 앞의 손님이 남기고 간 들척지근하면서 비릿한 살 냄새는 락스 냄새와 믹스 매치되어 찐득하게 남아서 죄의식을 자극했다. 신애는 생경한 죄책감 비슷한 느낌에 몸을 부르르 떨며 일부러 창문을 열고 강변을 내려다보았다. 능수버드나무가 휘늘어진 강둑 위로 자전거를 탄 농부 아저씨가 천천히 지나가는 모습이 보였다. 신애는 환한 방에서의 첫 번째의 정사가 떠올랐다. 몹시 불편했고, 불편함 때문에 몸이 쉽게 열리지 않았다. 신애는 풍경을 슥 보고 창문을 닫고 커튼을 쳤다. 창문을 여는 행동은 커튼을 치기 위한 전조 작업이었다. 신애는 마음을 들키지 않기 위해 교묘하게 밖을 내다보는 척하고 얼른 커튼을 친다. 남자는 또 급해서 커튼 따윈 아랑곳없이 환한 방에서 정사를 치를 것이다. 신애의 입장 같은 건 고려하지 않은 채 오직 자신의 욕망을 채우기 위해 신애의 불편함 따윈 읽지도 못하는 것이다. 배고픔을 참지 못하고 모텔에서 나와 근처의 식당으로 가서 늦은 점심을 먹을 때까지는 아무 생각도 끼어들지 않았다. 언제나 일종의 죄책감 비슷한 건 집으로 돌아가는 시간쯤에 찾아왔기 때문에 미리부터 죄책감으로 정신을 혼란스럽게 할 필요가 없었다. 식당들은 대개가 가든이라는 간판을 달고 오리고기나 닭백숙 같은 거한 메뉴들밖에 없었다. 그들은 만나면서 아무리 배가 고파도 단 한 번도 휴게소에 가서 먹지 않았다. 기껏해야 신애가 선팅이 잘된 차 안에서 기다리는 동안 남자가 테이크아웃한 커피를 사 들고 오는 것이 다였다. 그들은 모르는 사람이라도 남들 눈에 띄면 안 되었다. 땅 밑에서 나온 두더지에게라도 들키면 안 되는 사이인 것이다. 세간 사람들이 말하는 것처럼, 금기일 때 더 간절해지고 매달리고 싶은 걸까. 아니, 사람이란 존재는 하고 싶은 건 꼭 해봐야 하는 모양이었다. 그러니 이번이 아니라도 후에 언제고 꼭 한번은 했을지도 모른다.

모든 업종은 자고로 돈을 들여 투자를 해야 더 많은 돈을 벌 수 있는 법, 신애와 남자가 단골로 드나들 때쯤에 이 모텔은 몹시 낡아 있었다. 밖에서 볼 때는 모르지만 안으로 들어가면 시설은 낡고 퇴색되어 있었다. 연인들의 허기진 마음을 위로하고 이 순간 반드시 방이 필요한 연인을 위해 존재해왔던 이 모텔도 주인의 게으른 방치로 인해 후져 있었다. 한때는 외로운 연인의 아늑한 둥지가 되고 그로 인해 호황을 누리던 시절은 옛말이 되었다. 평생을 이 업종만을 해온 듯한 분위기의, 똥똥하고 키가 작고 비정상적으로 후까시를 넣어 높이 부풀린 헤어스타일을 고수한 60대 주인 여자는 호기심이 사라진 뚱한 얼굴로 남자와 신애가 들어서면 대실할 건지 숙박할 건지 늘 똑같은 질문을 했다. 목소리 톤까지도 한결같이 칼칼한 저음이었다. 손님 얼굴을 정면으로 보지 않는 이 업계의 규칙을 충실히 따르고 있다는 듯 주인 여자는 둘을 힐끗 쳐다보고 돈을 받고 하던 일을 계속했다. 한때는 호황을 누리고 돈을 벌게 해준 휴게소 모텔도 재투자를 하지 않은 결과로 폐업위기에 처한 쓸쓸한 분위기였다.

*

모텔에 있는 동안 신애는 한 번도 자기만의 세계에 오롯이 빠져본 적이 없었다. 머릿속은 항상 간당간당하게 밖의 세계가 지배했다. 이것은 처음 경험해 본 낯선 세계의 일이어서 신애는 가끔 자신 위에 덧씌운 또 다른 자신 같기도 했다. 하지만 이런 일이 되풀이되자 그녀는 차차 바깥 세계의 일이 잊어졌다. 모텔을 나서면 세상은 생경하고 낯설지만, 팽그르르 돌아 똑바로 서면 비현실은 곧 현실로 돌아온다. 마법이 풀리는 순간 신애는 의아스러운 현실 세계에 삽입하기 위해 일부러 남자를 향해 생긋 웃어 보이며 남자의 옆자리에 올라탔다. 모텔에 들어오기 전의 세계로 돌아가기 위해서는 약간의 마음가짐이 필요했다. 정지시켰던 뇌를 크게 심호흡을 하고 명랑한 척 무슨 말이든 떠들어대며 종알거리기 시작하면 다시 현실세계에 들어서는 것이다. 남자와 헤어져 아파트 엘리베이터 버튼을 누르면 안도감 때문인지 다리에 힘이 풀리곤 했다. 신애는 엘리베이터 거울 속에서 낯선 자신의 모습에 잠깐 슬픔을 느꼈지만 곧 잊었다. 순간적으로 지나가는 감정일 뿐이었다. 이 휴일의 만남은 그러나 차 사고로 인해 중지되어야 했다. 신애가 병원에 입원해 있는 동안 기준은 매일 병원에 왔다. 기준은 물었다. 왜 그 시간에 산에 가지 않고 휴게소에 있었으며 여진 씨는 어디 갔는지. 신애는 대답하지 않았다. 신애는 벙어리가 돼버린 듯했다. 당신이 다쳤다면 여진 씨 차는 얼마큼 찌그러졌고 여진 씨는 다치지 않았는지. 실어증에 걸린 것처럼 신애는 기준에게 한 마디도 대답하지 않았다.

신애는 아직도 일상에서 뛰쳐나온 이유를 알 수 없었다.

바람을 피웠다고 말한다면 너무 싸 보여서 그렇게 말하기는 싫다. 엔조이는 더욱 아니다. 사랑이라고 치자, 그것도 오글거리고 대단해 보인다. 일탈이라고 하기엔 삶을 가볍게 보는 것 같고 아무튼 뭔가로 설명하기에는 맞춤한 단어가 없다. 바람도 엔조이도 사랑도 일탈도 아니면 대체 무슨 단어를 붙일까.

-그냥 그랬어, 그때는.

-하지 않으면 안 되었어.

-살다 보면 뭐든 꼭 해야 하는 게 있다니까. 사치든 컬렉션이든 연애든, 아무튼 그때 꼭 하지 않으면 죽을 것 같은 것. 결국 해 봐야만 되는 것. 그런 것이었어.

기가 막혔다. 도대체 어쩌자고 이 지경까지 왔단 말인가 자신이 한심했다. 그 모든 단어를 다 갖다 붙여도 정말 위험한 모험이었다. 사람들이 바람 바람 하니 결론은 바람으로 났다. 신애가 바람을 피운 이유는 삶이 권태로워서도 재미를 추구해서도 아니었다. 한순간에 빠질 만큼 그 남자에게 반해서도, 미칠 듯이 좋아서도, 숨 막히는 매력이 있어서도 아니었다. 처음 몇 번은 짜릿했다. 가진 걸 다 버리고 빈 몸뚱이로 이 남자와 숨어 살아도 좋겠단 생각이 한순간 들기는 했다. 아니 함께 강물에 뛰어들어 죽어버려도 좋겠다는, 아무튼 그런 종류의 마음이 들었다고, 사랑했을 때의 내 감정에 홀려 있었다고, 드라마 속 대사 따위로 말한다면 신애의 변명으로 부족할까. 어쩌다 우연히 그런 것이기는 해도 완전히 우연히는 아니다. 작정도 우연도 아니면 뭘까. 말로 설명되지 않는다. 어쩌다 보니 그렇게 되어 있더라는 것이 맞았다. 여기서 끝내야지, 난 너무 나쁜 여자야, 했을 때는 너무 깊어 있었다. 그러나 차 사고가 나기 전까지 수없이 고민하던, 끝내야지 하면서 끝내지 못한 관계는 자동으로 끝이 났다. 마치 하느님의 명령으로 추돌사고가 난 것 같았다. 남자는 딱 한 번 병원에 왔다. 밤이었고 몹시 허둥대고 있었다.

"그 늙은이들이 앞을 안 보고 운전했다는 걸 인정해서 내가 물어줘야 할 것은 없어요. 그 늙은이들이 잘못을 순순히 인정했고 내 차는 범퍼만 갈았고……. 범퍼도 외제차라 비싸게 들었어요. 늙은이들이 돈이 많은지 보험사에 연락하면 귀찮다고 하며 수리비를 줬어요. 딱 봐도 그 늙은이들 우리랑 똑같이 숨기는 사이 같았어요. 안 그러면 보험처리 하지 왜 현금으로 주겠어요? 아무튼 내 손해는 없고 다 끝났어요."

"내가 다친 걸 그 노인도 모르는 걸로 했지?"

"모르죠. 우리가 알아서 치료한다고 하고 많이 안 다친 것 같으니 괜찮다고 말했으니까."

평소의 약간 버벅대는 말투로 남자는 불안한 듯 주위를 살피고 손을 주머니에 찌르고 신애 침대 주위를 열 번은 넘게 왔다 갔다 했다. 침대에 앉아 있는 신애까지 불안해서 곧 퇴원할 테니 오지 마, 했고, 신애 말이 떨어지기 무섭게 그럼 나중에 전화할게요, 하고 휙 가버렸다. 그게 끝으로 다시는 연락이 오지 않았다. 신애도 전화하지 않았다. 끝이라는 막연한 예감이 들었다. 차라리 잘됐다 하고 전화번호와 함께 모든 흔적을 지워버렸다.

신애는 퇴원했다. 남자는 거짓말처럼 끝내 연락해 오지 않았다. 구실을 찾지 못해 이별을 미루고 있는 시점에서 추돌사고는 절묘한 타이밍이었다고, 애초부터 잘못 끼워진 단추였다고, 연락 없는 남자의 마음까지 헤아리기로 결론지었다. 그러고 나니 좀 가벼워졌다. 신애는 직장에 복귀하고 여전히 미각을 상실한 채로 남자의 연락을 기다리지 않았다. 그런데 한번은 몹시 궁금해서 문자를 넣었다. 답이 없어서 전화를 했다. 휴대폰은 없는 번호라는 안내음만 반복되었다.

*

기준은 카레를 만들었다. 입이 짧은 아들을 위해서였다. 처음에는 삼분카레를 데워서 먹였다. 아들은 잘 먹지 않았다. 기준은 카레를 직접 만들기로 하고 인터넷에서 레시피를 찾아 마트에 가서 장을 봤다. 결혼 칠 년 만에 얻은 아들은 이제 겨우 여덟 살이었다.

첫 번째 카레를 만들 때는 고형카레에 감자와 양파 당근 돼지고기를 볶아서 넣었다. 아들이 한 숟가락 먹고 내팽개쳤다. 기준은 뭐가 모자란가, 하면서 두 번째 카레를 만들 때는 버섯을 넣고 물을 약간 되직하게 해봤다. 첫 번째 때 국물이 많아 국처럼 줄줄 흘렀기 때문이었다. 아들이 반이나 먹어서 기준은 자신감이 붙었다. 세 번째는 브로콜리를 추가로 넣었고 그다음에는 돼지고기는 빼고 닭가슴살과 소고기와 오징어를 번갈아 넣었다. 아들은 맛있게 잘 먹었다. 더 달라고 접시를 내밀기도 해서 기준을 흥분시켰다. 레시피대로 했을 뿐인데 점점 실력이 늘었다. 카레를 만든 날에는 깍두기를 꺼냈다. 신애는 깍두기만큼은 기가 막히게 잘 담갔다. 잘 익은 깍두기만큼 카레와 어울리는 것도 없었다. 아들이 아삭거리며 깍두기를 씹는 소리가 경쾌하게 들렸다. 아들은 먹는 도중에 기준을 쳐다보고 싱긋 웃어주었다. 아빠가 만들어준 게 최고야, 라는 의미로 받아들였다. 입이 짧고 까다로운 아들은 한 번도 밥 먹는 중에 웃는 일이 없었기 때문이다. 아들을 바라보는 기준의 입가에 웃음이 피어올랐다.

먹다 남은 카레를 데울 때는 토마토주스를 약간 넣고 끓이면 산뜻한 맛이 난다는 것도 기준 스스로 터득했다. 카레는 점점 후다닥 하는 일회용 요리에서 성찬으로 바뀌 나갔다. 물의 양이 중요한 것을 알았고 넣을 채소와 고기를 때마 다 다르게 했다. 기준은 카레를 만들수록 더할 나위 없이 훌륭한 요리라는 생각이 들었다. 아무 그릇에나 퍼 담던 카레에 모양을 내기 시작했다. 샐러드도 새로 만들고 음식을 담기 전에는 접시를 골랐다. 고상한 도자기 접시가 서랍에 몇 개 들어 있었다. 신애는 과거 한때 악착같이 접시를 사 모았지만 지금은 서랍에 접시가 들어 있는 것도 잊고 사는 듯했다. 아들이 태어나기 전이니 벌써 십 년도 더 지난 일이다. 신애는 기다려도 임신이 안 되자 자신이 뭘 잘못했나 싶은 생각에 사로잡혀 있었다. 시어머니조차 신애 탓인 양 양젖처럼 부드럽던 태도가 거칠게 변한 모습이 눈에 띄게 늘어났다. 그때 신애는 주말마다 가던 시댁을 이런저런 핑계를 대고 빠졌다. 기준만 시댁에 보내고 혼자 돌아다녔다. 신애는 도자기 가게를 돌아다니면서 접시를 사 모으는 일에 집착했다. 그때만 해도 기준은 월급을 용돈 조금 빼고 꼬박꼬박 입금했고 신애도 벌기 때문에 경제적으로 조금 여유가 있었다. 29평 아파트도 융자 조금 끼고 분양받았고 이렇게 살아간다면 큰 걱정 없이 무난하게 살아갈 것이라는 예측이 들었다. 도자기 축제가 열리는 늦가을에는 k시에 가서 그릇을 사 오기도 했다. 신애는 비싼 것은 절대 사지 않았다. 세트는 비싸기만 하고 그림이 잔뜩 들어가 화려해서 싫었다. 그림이 안 들어간 무지접시가 단아하고 기품이 있어 보여서 신애는 그것들을 골랐다. 단색인 소박한 접시를 고르니 그리 비싸지도 않았다. 짝이 안 맞는 접시는 싸게 팔아서 사는 재미가 쏠쏠했다. 어느 날 신애는 설거지를 하다 기준에게 말했다.

"어느 정도 모이면 이 허접한 그릇 다 내다 버리고 도자기로 싹 바꿀 테야."

기준은, 신애가 이렇게 말했던 게 아주 오래전 일이라 그게 아들이 태어나기 전인지 후인지는 기억나지 않았다.

기준은, 싱크대 서랍 속에서 잠자고 있는, 신애가 잊고 있는 것이 분명한 도자기 접시를 골라 들었다. 백 아이보리색이거나 연푸른색의 채도가 낮은 접시는 정갈하고 소박했다. 아무 그림 없는 커다란 접시에 카레 한 국자를 끼얹고 밥, 깍두기, 샐러드를 옆에 담아내자 근사한 플레이팅이 되었다. 기준은 잔뜩 위축된 상태를 카레를 만들면서 해소하는 듯 보였다. 직장에서 아웃되고 여기저기 지인에게 부탁해서 일자리를 알아보고는 있지만 요원한 상태라는 것을 알았다. 신애는 아무 데나 들어가지 말고 시간이 좀 걸리더라도 괜찮은 직장을 알아보라고 거듭 말했다. 급하다고 아무 데나 들어가면 옳은 직장 못 구한다고. 그 아무 데나도 없다는 비참함에 목이 멜 때쯤, 집 치우고 카레를 만드는 것이 기준의 적성에 맞는다는 사실을 확인했던 때도 벌써 오래전 일이 돼버린 듯하다.

신애가 휴게소에서 추돌사고가 난 걸 알 턱이 없었던 밤, 기준은 아들이 밥을 다 먹자 양치를 하라고 시키고 알림장을 확인해 준비물을 챙겨놓는 중에도 신애에게 전화를 걸까 말까 망설였다. 8시 뉴스가 끝나자 기준은 아들을 재우고 신애의 휴대폰으로 전화를 걸었다. 연결이 되지 않았다. 텔레비전을 건성으로 보며 수시로 밖을 내다보고 있는 사이 신애에게서 전화가 왔다.

"병원이야."

신애는 속삭이듯 말했다. 주변의 소음도 느껴지지 않았다.

"어, 어디라고?"

버벅대며 기준이 물었다.

"곧 갈게."

아내의 다음 말이 들려왔고 전화가 끊어졌다. 꿈속인 듯 어리벙벙했고 갑자기 아내가 타인처럼 느껴졌다. 기준은 재발신을 눌렀지만 그새 휴대폰은 꺼져 있었다. 신애는 다정한 성격이 아니었다. 아기자기한 외모와 다르게 말은 명령조에 애교가 없고 진실만을 말하는 타입으로 군말도 리액션도 별로 없었다. 신애의 내면을 알 수 없기는 기준도 마찬가지였다. 신애는 하루하루 성실하게 출근하고 공무원답게 바른 역사관과 공중도덕을 잘 지키고 돈도 낭비하지 않았다. 기준이 놀고부터는 더 알뜰해져서 소비는 최대한 절제하는 듯 보였다. 기준은 미안한 마음이 앞서서 어서 빨리 직장을 잡으리라 마음이 다급해진 상태였다. 병원이라니 도대체 무슨 소리지? 기준은 방에 우두커니 서 있었다. 신애가 없는 빈방에서 기준은 심한 두려움을 느꼈다. 두려움을 넘어서 절망감까지 들고 신애가 들어오지 않을지도 모른단 생각이 꼬리를 물자 그딴 생각은 안 하고 싶어져서 욕실로 들어가 북북 얼굴을 씻었다.

기준은 직장을 잃은 지 이 년이 되었다. 간당간당 매달려 있던 직장을 과감히 깨고 나왔다고 하는 건 남에게 보일 비참함을 줄일 자존감 때문이었다. 회사에서 정리해고 바람이 불었지만 기준의 차례는 아니었다. 그러나 결국 기준은 막판까지 간 뒤에 밀려났다. 기준이 속한 부서가 옆 부서와 통합되고 회사까지 다른 회사로 넘어간다는 흉흉한 소문도 나돌았다. 나이 사십 중반에 명예퇴직이라니. 팔 개월까지는 적으나마 실업수당이 나왔고 퇴직금도 거액까지는 아니어도 제법 되고 회사에서 주는 위로금도 있었다. 직장을 구하기는 생각보다 어려웠다. 만만치 않을 거라 예상은 했지만 현실은 더 힘들다고 느낀 순간 절망 같은 게 찾아왔다. 마음을 굳게 먹었지만 닥치니 주눅이 들었다. 한 단계 낮춰 알아봐도 희망이 보이지 않았다. 자존심이 문제가 아니라는 것을 깨달았을 때는 일을 관둔 지 이 년이 넘어 있었다. 여러 경로로 직장을 알아보면서 집에 있으니 기준은 주부가 된 것 같았다. 신애는 기준이 차츰 살림을 도맡아 하자 이불 속에서 쏙 빠져나가고 나면 끝이었다. 기준이 직장에 다닐 때는 신애가 하던 일들이었다. 아들도 신애도 뭐든 필요하면 기준한테 시키고 도움을 청하니 기준은 자연스레 주부가 되었다.

기준은 신애가 출근하면 아들을 학교에 보내는 것으로 하루를 시작했다. 세탁기를 돌리고 청소기를 돌리고 이틀에 한 번 음식물 쓰레기를 버리러 나가고, 한 주에 한 번 하는 분리수거를 했다. 마트 가는 길에는 음식물 쓰레기와 일반 쓰레기를 분리한 봉투가 정확히 기준의 양손에 들려 있었다. 장은 매일 봐서 신선한 야채와 과일을 신애와 아들에게 먹였다. 식구는 단출해도 사람 사는 게 복잡하고 필요한 것은 끝이 없는 게 집안일이었다. 자연스럽게 기준은 주부 척척박사가 되었다.

*

신애는 퇴원을 했다. 병가 처리했던 일주일이 지나고 다시 출근했다. 신애는 통 먹지 못했다. 안 그래도 살집 없는 몸이 비쩍 말라 보였다. 더 살이 빠져 브라를 하지 않은 면티 위에 팥알만 하게 표시 난 젖꼭지가 신애가 여자라는 것을 증명해주었다. 신애가 미각을 상실한 걸 기준이 알았을 때는 신애가 출근을 하고도 한 달쯤이 지나서였다. 신애가 만든 반찬을 먹다가 아들이 소리 질렀다. "왜 이렇게 짜요? 못 먹겠어요." 기준도 말했다. "무슨 반찬이 다 이렇게 짜?" "정말 그렇게 짜?" 신애가 되물었다. 한두 번도 아니고 매일 짜다는 말이 되풀이되었을 때 신애는 고백했다.

"미각을 상실한 거 같아. 맛을 모르겠어."

"그러면 그동안 맛도 모르고 한 거야. 왜 속였어."

기준은 어처구니가 없어서 말도 안 나온다는 표정을 지었다. 기준은 신애가 미각을 상실했는지 몰랐고 더구나 남자 차를 타고 가다가 사고가 난 것은 더욱 몰랐다. 신애는 철저히 기준을 속였다. 사실 신애는 미각도 못 느끼지만 귀도 잘 안 들리는 듯하고 눈도 침침했다. 일상의 소음이 일시 정지되고 누가 옆에서 뭐라고 해도 잘 안 들렸다. 번아웃 상태는 꽤 오래갔다. 신애는 이렇게 견디다 죽어버려도 아쉽지 않겠단 생각이 들었다. 그렇기 때문에 견딜 수 있었다. 기준은 신애가 극한의 피폐한 상태임을 인지하지 못했다. 말이 적고 무신경하고 애살이 없는 신애니까 그러려니 하는 기준의 태평한 성격 탓도 컸을 것이다. 신애는 해골처럼 얼굴의 광대뼈가 도드라지고 삭막해 보였다. 웃음기도 싹 가신 데다 피폐하게까지 느껴지니 동안은 어디 가고 몹시 겉늙어 보였다. 어느 밤, 아들을 재우고 난 다음 신애가 입을 열었다.

"이혼해 줘."

"이 뭐라고? 이혼? 지금 이, 이혼이라고 했어?"

기준은 마치 말을 못 알아듣는 것처럼 버벅거리며 되물었다. 귀가 의심스러웠다.

"어, 이혼."

신애는 또박또박 끊어 발음했다. 목소리가 청량하기까지 했다.

"나 참, 이유가 뭐야."

기준은 바보처럼 되물었다. 신애는 단지 이렇게 말했다.

"이렇게 늙어가고 싶지 않아서가 이유야."

기준은 할 말이 없었다. "소설 같은 말을 하는군. 확실한 이유를 대라고, 그렇게 모호한 말 말고." 소리를 빽 질렀지만 비참한 심정이 되었다. 마음이 갈가리 찢어졌다. 상처 입은 짐승처럼 크게 소리를 질러대 포효하고 싶었지만 나약한 감성의 소유자인 기준은 기껏 화장실 문을 주먹으로 힘껏 내려쳐서 손이 아파 싸매고 방바닥에 나뒹굴었다. 어찌나 세게 쳤는지 화장실 문짝이 움푹 들어가 있었다. 그다음 날도 아들을 재우고 나서 신애는 또다시 이혼 소리를 끄집어냈다.

"나한테 미안한 게 있다면 안 그래도 돼. 난 벌써 잊었어." 기준이 뇌까렸다. 하마터면 '아무것도 몰라.' 하고 기준은 덧붙일 뻔했다.

신애 또한 알고 있었다. 그걸 잊는다고? 벌써 잊었다고? 흥, 거짓말도 할 수 있는 걸 해라, 나오지 못한 말을 속으로 욱여넣었다.

"그렇기 때문에 이혼하려는 거야."

신애는 비장하게 말했다.

그렇게 매일같이 이혼 말을 꺼내는 신애 때문에 기준은 돌아버릴 것 같아서 '그래, 해주자. 그렇게 원하는데, 이혼 까짓것 하지 뭐.' 쪽으로 기울기 시작했다. 기준은 차라리 모르던 시절로 되돌아가고 싶었다. 직장이 언제 잡힐지는 몰라도 직장을 구할 때까지 집에서 밥이나 하고 주부로 살아가는 편이 나을 것 같은 시절로. 신애가 직장에 나가고 자신은 살림을 하던 얼마 전의 과거로 돌아가 지루하면서 평화로운 일상을 견디는 게 나았다. 사실 신애 입으로 말하지 않았다면 기준은 모르고 넘어갈 수도 있었다. 여진 씨 차를 탔다고 해서 그런 줄 알았다. 신애는 여진이 다행히 다치지 않았고 차도 멀쩡하다고 말했다. 그런데 기준이 병원에 갈 때마다 여진 씨는 없었다. 아무리 그래도 본인이 운전하는 차를 타고 가다 친구가 다쳤는데 친구가 먼저 집에 가버렸다니 도무지 이해가 안 됐다. 그날은 그렇더라도 문병 한 번 오지 않다니 그러고도 친구인지, 기준은 소설을 쓴다는 여진 씨가 괘씸했다. 그런 친구를 뭐 하러 등산까지 따라간다고 한심하군, 하고 소리쳤다. 날마다 병원에 가도 신애는, 여진이 아까 다녀갔어, 간단히 말했을 뿐이었다. 여진 씨가 다녀간 흔적이 없었지만 신애 말을 믿었다. 신애가 서둘러 퇴원하고 집에 와서 한참이 지난 후에야 한다는 말이, "내가 거짓말했어. 나 바람폈어. 사실은 추돌사고 때 미각을 상실했다고. 여진이 아니라 남자였어. 남자였다고."

기준은 귀를 막고 싶었다. 기준은 멍청이처럼 "드라마 얘기 하는 거야, 지금?" 다만 이렇게 말했다. "그 얘기 그만 꺼내. 다 지나간 일이야."

기준은 딱 한 번 술을 진탕 먹고 들어왔다. 직장을 잃고 두 번째였다. 옛 동료가 불러낸다고 나간 자리였다. 술 냄새를 심하게 풍기며 비틀거리며 들어와서는 손을 들어 엄지와 검지를 세우고 땅 하고 총 쏘는 시늉을 하더니 그대로 고꾸라졌다. 물론 신애 머리를 향해서였다. 기준은 술을 마시면 잠이 쏟아지는 타입으로 술을 마시고 오면 곧바로 잠을 잤다. 신애는 멍하니 기준을 쳐다보다가 거실에 자리를 펴고 기준을 끌어다 눕혔다.

기준은 낮에는 변함없이 집을 치우고 장을 보고 쓰레기 분리수거를 하고 아들을 돌보고 집안일을 해나갔다. 집안일은 해도 해도 끝이 없고 신애의 계속되는 이혼 말 때문에 기준은 머리도 복잡해서 이즈음에는 직장 알아보는 일도 잊은 듯했다. 동동거리며 집안일을 하고 있으면 그나마 잊을 수 있었다. 아들은 기준이 해주는 음식을 먹고 쑥쑥 컸다. 신애는 미각을 상실했으니 차라리 잘되었다 싶은 극한의 생각까지 들었다. 통증 같은 기분이지만 이게 벌이라면 이대로 살아가면 그만이지 뭐 하는 자포자기 비슷한 감정에 빠졌다. 휴일 오후 휴게소에서 차 사고가 나지 않았다면 남자와의 만남은 언제까지 지속되었을지 알 수 없었다. 이별의 타이밍을 계속 놓치고 있었다. 환멸의 감정은 지지부진 이어졌다. 그리고 차 사고가 나고 미각을 상실했다. 죄를 이런 식으로 받는다면 잘되었다 싶었다. 의사는 마지막 진료 날 말했다.

"미각이 돌아오는 건 쉽지 않을지도 몰라요. 아주 오래 걸릴지도요. 하지만 돌아오긴 할 거에요. 마음이 제일 중요하죠. 결국 스트레스니까." 했다. "요즘은 스트레스에서 오는 병이 너무 많아요. 편하게 생활하세요." 하고 덧붙였다.

"이것 좀 먹어봐. 입맛이 돌아올 거야. 봄이라 온갖 나물이 다 나왔더군."

몇 가지의 나물반찬이 도자기 접시에 담겨 있다. 고소한

참기름 냄새가 진동했다. 도자기 접시에 조금조금 담긴 나물들은 보기만 해도 나물 맛이 나는 듯했다. 도자기를 보고도 신애는 알은척도 안 했다. 예전 같으면 이 접시 너무 예쁘지, 쓰기 아까워. 여기에다가는 뭐를 담으면 좋겠다, 식으로 들떠서 떠들어대던 신애였다. 기준은 양푼에 나물을 넣고 밥을 넣고 참기름을 똑 떨어트린 다음 슥슥 비벼서 신애 앞에 내밀었다. 신애는 몇 숟갈 뜨다 탁 내려놓아 버렸다.

*

식탁 위에는 겨자냉채가 담긴 도자기 접시가 고고하게 놓여 있다. 미역국이 담긴 국그릇은 밥과 함께 김이 모락모락 피어올랐다.

"한번 먹어봐."

기준이 말했다. 어제저녁 신애는 기준이 만들어준 카레를 먹는데 미세하게 입맛이 느껴졌다. 카레의 독특한 향이 나는 듯하더니 새콤달콤하게 버무린 샐러드를 입에 넣자 알싸한 맛이 입안에 퍼졌다. 신애는 음, 하고 감탄사를 지를 뻔했다. 신애가 카레와 샐러드를 계속 먹자 기준이 의아하게 쳐다봤다. 입맛 돌아왔어? 맛있어? 하고 묻는 듯했다. 신애는 기준을 의식하지 못한 듯 계속 먹었다.

기준은 신애의 입맛이 돌아온 것을 알아차렸다. 밤늦게 집 앞 마트에 가 장을 봐놓았고 아침 일찍 서둘러 겨자냉채를 만들고 미역국을 끓였다. 신애가 젓가락을 들어 겨자냉채를 집었다. 맛있는 음식을 먹을 때 흔히 지르는 작은 비명이 신애의 입에서 흘러나왔다. 기준은 거의 집착 수준인 신애의 이혼 요구에 유예하자는 대답을 한 상태였다. 일단은 신애의 미각을 되찾아주고 싶다. 이혼은 그 후라고 믿는 기준이었다. 신애도 기준의 답을 들은 후론 별말이 없었다. 기준은 신애의 미각이 돌아온 것이 기뻤다. 그동안 기준은 티 안 나게 신애를 위해 이것저것 음식을 만들었다. 신애의 입맛을 되찾아주는 일이 남편으로서의 할 일인 것만 같았다. 신애는 단지 배를 채우기 위해서 먹었고 그걸 아는 기준이었다. 그러나 어제저녁 카레를 먹을 때 기준은 신애가 맛을 느끼고 먹는다는 걸 확신했다. 기준은 여러 가지 채소로 버무린 겨자냉채에 계속해서 젓가락질을 하고 있는 신애를 보면서 자신의 노력이 헛되지 않았음을 느꼈다. 기준은 이 순간이 만족스럽다는 듯 신애의 얼굴에서 눈을 떼지 못했다.

그 모텔

기석과 정란은 섹스리스 부부다.

본의 아니게 그렇게 되었다. 어떤 순간 반드시 부부만의 방이 필요했는데

방이 없다 보니 차츰 욕정도 없어졌다.

부부 정도 한때였는지 노인네들에게 치여 사느라 바빠

부부의 몸 같은 건 아예 잊고 살았다.

그날따라 날씨까지 끝내줬다. 새벽 댓바람부터 설쳐서 C시까지 문상을 다녀오는 길에는 추수하기 직전의 노란 벼 물결이 햇살 아래 찰랑거렸다. 국도변은 가을이 무르익어 있다. 코스모스와 억새가 피어 배경을 깔아주어 가을 분위기가 제대로 났다. 곧 정란이 일 년 중 가장 좋아하는 만추가 올 것이다. 시삼촌 문상을 다녀오는 길인데도 장례식장의 비통하고 무거운 분위기는 싹 잊고 풍경에 들떠 있는 정란이다. 사람 마음이 못됐는지 장례식장에서는 억지 눈물도 보였더랬는데……. 시삼촌이라도 직속 시삼촌은 아니고 사촌 시삼촌인데 시어머니한테는 말도 안 하고 나왔다.

정란이 졸다 눈을 떠보니 차는 고속도로 톨게이트를 하이패스로 지나쳐 한가한 국도변을 달리고 있다. 노란 들판이 끝나고 강변 모래톱이 보이기 시작한다. 강가의 갈대와 주름진 흰 모래톱은 정란의 마음에 애잔하게 스며든다.

왼쪽은 모텔촌 오른편은 강이다. 입을 꾹 다문 기석이 정란을 살금 훔쳐보는 것이 느껴진다. 번쩍번쩍 인테리어한 모텔들은 유치찬란하고 화려하고 정체성 모호하고 서로 튀게 보이려고 야단들인 것만 같다. 야시시하게 잔뜩 치장한 모텔 건물이 나타나기 시작하자 정란은 쓸데없이 민망해져서 고개를 강 쪽으로 돌려버린다.

"정란 씨."

민지 엄마가 아니고 정란 씨, 할 때는 기석이 뭔가를 부탁해 올 때다. 그것도 간절한 부탁이 있을 때. 연애 때나 들어봤던 정란 씨, 소리가 들리자 흥 코웃음이 난다.

"왜?"

"우리 저기 들어가자. 하나 골라봐."

"흥, 미쳤나."

정란은 콧소리를 낸다. 말은 미쳤나 하지만 정란도 모텔이 여러 개가 계속 보이자 몸에 이상반응이 오기는 했다. 들어가고 싶은 건 아닌데 마음과 다르게 아래쪽이 후끈해지는 것이다. 기석은 정란이 대답은 아니라고 하지만 그게 진심이 아니라는 것쯤은 알고 있다. 같이 산 지 이십오 년이다.

모텔촌이 거의 끝나가는 자리에 눈에 익은 '궁전모텔' 간판이 보이자 기석은 재차 확인하듯 "들어간다." 하며 핸들을 확 꺾다가 하마터면 앞차와 정면충돌할 뻔했다. 이차선 국도인데 분명 없던 차가 어디서 왔는지 달려오고 있어서 끽 소리를 내며 두 차가 급정거했다. 평소 같으면 거칠게 시자 들어간 욕을 할 텐데 기석은 한숨만 휴 내쉬고 만다. 정란도 간만에 바라는 마음이 있었나 보다. 묻기는 뭘 물어봐, 그냥 아무 데나 확 들어가면 되지. 모텔 다 거기서 거기지. 이런 심정이었던 것도 같다. 이 모텔은 전에 몇 번 와봤던 곳이다. 이름도 분명한 궁전모텔. 모텔에 가본 지 몇 년이 되었는지도 모르겠다. 잊고 산 지 오래다. 오래전에는 아주 가끔 갔다. 기석은 들어가자마자 씻지도 않고 옷을 벗어 던지고 정란을 눕혔다. 정란은 마치 처음인 듯 부끄러워하며 기석을 받았다. 커진 물건은 힘차게 정란의 쓸쓸한 마음속으로 들어왔다.

"민지 엄마, 아니 정란 씨. 마음껏 소리 질러도 돼."

왕년에 기석은 정란의 귓가에 속삭이며 공주처럼 소중하게 그녀를 다루었다. 아껴두었던 과자를 먹듯 재여 있던 갈증을 마음껏 풀고 둘만의 시간을 보내고 나오다 횟집에 가서 회를 먹고 집에 들어갔다. 한 몇 번 그랬다.

시어머니의 노망은 날로 심해간다. 벽에 똥칠까지는 아니지만 자식 얼굴도 잊고 누구요? 하는 눈빛으로 말똥말똥 쳐다보는 시간이 눈에 띄게 늘었다. 하루 대부분을 자리에 누워 지내니 방문을 열면 도사리고 있던 냄새가 확 밀려왔다. 살냄새와 구린내는 벽지며 가구, 이불, 방의 모든 곳에 배어 있는 것 같다. 시어머니 방에서는 온갖 냄새의 총집합 같은 냄새가 났다. 방문 앞에만 가도 묵은 똥내와 살 썩는 냄새는 코끝에 매달려 영영 사라지지 않을 듯했다. 침구를 자주 갈아준다고는 해도 말이 쉽지 정란은 못 할 짓이다. 시어머니의 노망이 심해질수록 정란 부부는 서로 말이 없어지고 시큰둥해졌다. 가족 간의 감정도 집안 분위기 따라 까칠해지고 극히 필요한 말만 하고 산 지 오래다. 한쪽에서 작정하고 입을 열면 싸움은 극도로 치달아 치고받고 싸우다가 이혼 말이 나올지도 모르는 상황을 간당간당하게 피하고 있는 것이다. 요양원으로 모신다면서도 마음 정리가 안 돼서 차일피일 미루고 있다. 실제로 이곳저곳 요양원을 물색하고 돈이 얼마나 드는지 알아볼 거 다 알아보고 여차하면 모실 곳까지 정해둔 상태다.

시어머니는 건강할 때 말했다.

"요양원에는 절대 보내지 마라. 내가 거기서 죽는다고 생각하면 정말 끔찍하다."

그러니 요양원행을 망설이는 문제도 마지막에는 효자인 기석이 결정하고 실행할 문제긴 하다. 병이 한참 진행된 뒤에도 시어머니는 어디로도 가고 싶어 하지 않아서 정란은 한숨만 나올 뿐이었다. 정란이나 기석이나 마음 약해 빠진 건 둘이 똑 닮아서 요양원으로 보내는 건 잔인함이라고 믿고 있다. 본인에게 닥쳐올 미래가 그려져서일까. 친정엄마 또한 시어머니를 감싸고 돌면서 정란을 향해 애걸하듯 말했다.

"그러니 어떻게 해? 사부인이 절대 안 가시겠다는걸……."

낫지 못할 병에 걸린 시어머니는 단호히 말했다.

"절대 안 간다. 죽으면 죽었지……."

그러고도 한참의 시간이 지나간 후다.

정란 혼자 돌보는 것은 미칠 일이다. 셋이나 되는 시누이에 막내 시동생이 있건만 시누이들은 무슨 손님처럼 와서는 밥만 먹고 간다. 하나 있는 시동생은 필리핀으로 돈 벌러 가서 연락도 없다. 시누이들은 치매 걸린 노인이 무슨 돈을 쓴다고 정란에게는 십 원 한 푼 없고 시어머니한테 돈을 주고 간다. 시어머니는 잠깐 정신이 돌아오면 돈을 가방 밑바닥에 담았다가 장판 밑에 깔았다가 서랍장에 넣었다가 야단법석을 떨며 이리저리 옮겨 넣고 정신 사납게 굴었다. 누가 훔쳐갈까 봐 노심초사하는 모습을 보면 확 빼앗아버리고만 싶다. 얄미운 시누이는 말로만 올케 고마워, 하며 립서비스 하며 오면 앉기 무섭게 갈 기회만 노린다. 게다가 친정엄마는 기어 다닐 정도로 퇴행성관절염이 심해지고부터는 사는 게 사는 게 아니라서 모텔 같은 건 언제 적 얘기냐 싶게 잊고 산지 오래다.

오늘도 새벽같이 나왔으니 집에 들어가면 두 노인네 신

음소리에, 싱크대 개수대에 산같이 쌓인 그릇들, 기저귀에서 빠져나온 똥덩어리도 이불 속에 있을 거고, 쓰레기장처럼 어질러졌을 건 안 봐도 훤하다. 대학생인 작은 딸 민지에게 부탁했지만 공부하고, 지 몸단장에 온통 투자하는 딸이 뭘 했을까 싶다. 문상 끝내고 곧바로 집에 가야 한다는 걸 모를 리 없는 기석과 정란이다. 그러니 모텔에 들어오는 순간 훤히 알 수 있는 일을 정란이나 기석이나 잊은 건지 잊은 척한 건지는 알 수 없는 일이다.

모든 건 정란의 몫이다. 시어머니의 치매는 점점 심해지고 친정엄마는 또 뭔가. 오갈 데 없는 친정엄마가 딸 집에 와서 어영부영 눌러앉을 때 시어머니는 "사돈 같이 사십시다. 혼자서 얼마나 적적하요? 외로운 사람들끼리 친구 하며 지내십시다."라고 했다. 그때는 살가웠다. 사부인까지 있는 결혼한 딸 집에 오기까지 망설이고 주저했을 친정엄마 마음을 헤아려주어서 정란은 시어머니가 진심으로 고마워 눈물이 날 정도였다.

주말에는 기석과 정란이 두 노인네를 봉고차 뒤에 태우고 절에도 가고 고깃집도 가고 바람을 쐬어주었다. 두 노인네는 서로 칭찬해가며 사돈의 예를 받들었다. 두 분이 노인정에 나란히 출퇴근하고 아파트 뒤 버려놓은 땅에다 밭 일구고 일이 년간은 혼자 남은 자매지간처럼 사이가 좋았다.

그때만 해도 친정엄마는 조금 젊을 때라 솜씨 좋고 부지런해서 부엌일을 도맡다시피 했다. 음식솜씨라면 타고난 재능이 있어서 사부인 입에 맞는 겉절이며 두루치기, 아귀찜에 매운탕 같은 것을 매일 번갈아가며 했다. 정란도 반찬값이라도 벌어볼까 하고 부엌일은 친정엄마에게 맡기고 백화점에서 매대를 옮겨 다니는 계약직 사원으로 일했다. 음식솜씨 좋기로 소문나고 정갈하고 일을 무서워하지 않는 친정엄마는 안사돈을 위해 정성을 다하고 솜씨를 부렸다. 친정엄마의 사돈을 위한 비굴할 정도의 노력은 정란이 봐도 가히 감탄할 지경이었다.

"엄마, 뭘 이리 많이 차리셨수?"

"야야, 사부인께서 봄 타시는지 통 못 잡숫더라. 솜씨 좀 부렸다."

"아이고 사부인 때문에 입 호강 자주 하네요."

시어머니는 과한 표는 안 내도 흐뭇한 표정을 지으며 성치 못한 이로 오물오물 많이도 드셨다. 얹혀산다는 콤플렉스 때문인지 친정엄마 마음까지는 모르겠지만 그때만 해도 좋았던 시절이었다. 정란은 친정엄마에게 집안일 맡겨놓고 돈 번답시고 매일 차려입고 외출하고 계모임도 나가고 휴일에는 기석과 등산을 다녔다.

그러던 중 계단에서 구른 친정엄마는 119에 실려 가 수술하고 입원을 오랫동안 했다. 그 뒤로 몸 여기저기 관절 마디마디가 아프고 뒤틀어진다고 하루도 신음소리 안 내는 날이 없더니 어느 날 아예 누워버렸다. 거의 앉은뱅이 수준으로 지팡이 짚고 어기적거리며 날마다 병원 가서 물리치료 받는 게 일과가 되더니 이제는 방 신세 지고 누워만 지낸다. 정란은 시어머니 병원 가는 날, 친정엄마 병원 데리고 다니는 날도 헷갈릴 만큼 두 노인네 수발만으로도 하루가 숨찼다. 백화점 다닐 때가 언제 적인가 싶었다. 딸들은 집안 분위기를 느끼고 다들 알아서 늦게 들어와 잠만 자고 나가버린다. 기석과도 부부가 맞나 싶게 집안에는 얼음물 같은 정적이 흐른다.

기석과 정란은 좋아 죽는 사이까지는 아니라도 서로에게 기대고 사는 살뜰한 부부였다. 이제는 연민마저 달아날 정도로 삶이 피폐해진 것 같다. 기석은 기석대로 저녁에 들어오면 시어머니 방문 열어보고 뭐 할 게 없나 묻기도 하지만 그때뿐 곧 피곤한 몸을 뉘어버린다.

정란은 일에 치어 사는 기석 앞에서 노인네 문제를 불평하지 않았다. 수고를 칭찬받고 싶은 마음도 없다. 며느리로서 당연하다는 생각이지만 정란도 이즈음에는 사실 지칠 대로 지쳤다. 정란이 없으면 하루 한시도 안 돌아가는 집이니 두 노인네 수발에 삼시 세끼 차려내야 하는 변하지 않는 일상이었다.

정란은 삼시 세끼가 이렇게 중요한지 몰랐다. 하루 세끼 차려내야 하는 일은 정란의 발목을 잡고 밥 차리는 일이 무슨 전쟁 같다. 아침 마무리하고 뒤돌아서면 점심시간, 저녁 차리기 전까지 짧은 여유시간에 모든 볼일을 마쳐야 했으므로 늘 동동거리며 살았다.

정란은 일과 중에서 노인네 씻기는 게 가장 큰 고역이었다. 자주 씻긴다고는 해도 정란 혼자 욕실에 들어가 씻기고 나면 아이구야 소리가 절로 나왔다. 문을 열고 씻길 수도 없으니 민소매 차림의 정란의 몸은 땀으로 미끈거리고 녹초가 돼버린다. 정란은 팔자려니 싶다가도 어느 땐 포악해져 설거지하다 접시를 깨버리고 싶은 충동을 느낄 때가 여러 번 있었다. 기석도 정란도 갱년기가 오고 늙어가는 신호가 몸 여기저기에서 진즉부터 느껴지는 나이가 되었다. 기석과 정란도 나이 오십이 넘었다. 옛날로 치면 며느리 보고 손주 볼 나이다. 정란이 시집올 때 시어머니는 오십 중반의 나이였다. 지금이야 오십 대면 젊디젊은 나이지만 정란도 늙어가는지 쉽게 피곤하고 뭘 하면 빨리 지친다. 정란은 삶의 무게가 느껴질 때면 운전을 해서 막 아무 데나 달려가고 싶지만 면허증은커녕 차도 없다.

기석은 경험이 정말 많은가 싶게 차머리를 돌려 궁전모텔로 들어가는 데 거침이 없다. 그 와중에 "우리 여기 꽤 오랜만에 와본다. 그치." 농담까지 한다.

이이가 나 몰래 이런 데 드나드나 잠깐 생각이 닿는 사이, 그새 기석은 빈칸을 찾고 있다.

정란이 고개를 들어보니 칸마다 셔터가 내려져 있고 가운데 딱 한 칸 빈 곳이 있다. 기석은 과감하게 차머리를 틀어 그곳으로 밀어 넣는다. 정란이 의심을 못 풀고 이이가 혹시 이런 데 자주 와버릇해서 능숙한가, 뭐라고 심문해야 하는 건가, 하는 마음을 정리할 겨를도 없이 조수석에서 보니 앞은 온통 벽면이 거울이다. 거울 속 정란의 모습이 적나라하다. 정란은 놀란 마음을 숨기느라 거울을 외면하는데 이상야릇해진다. 꼭 정사 치르러 오는 불륜 사이같아 야릇해지는 게 여고생 때 머리 풀고 청소년 관람불가 극장에 몰래 간 기분보다 한 수 위다. 그런 한편 러브호텔에 들어오니 그래도 우린 아직 젊다는 기분이 들고 묘하게 설레긴 한다. 예전에는 일 끝나고 주로 밤에 왔고 그것도 아주 오래전의 일이다. 그땐 밤이라 몰랐는데 훤한 대낮이라 낯짝 민망해진다. 대실 삼만 원, 숙박 오만 원, 이라고 건물 벽에 커다랗게 써놓은 휘장이 바람에 펄럭이는 것을 보자 민망한 마음과 달리 아까부터 정란의 몸은 후끈 달아올랐다. 기석은 급히 내려 정란 쪽 차 문을 열어주고 가방까지 받아주며 에스코트해 준다. 기석에게 이렇게 멋진 면이 있었나 하는 놀라움을 뒤로하고 정란은 기석을 따라 계단을 올라간다. 기석이 문에 뚫려 있는 우편함 같은 통에 지폐 세 장을 밀어 넣고 룸의 문을 여니 락스 냄새와 방향제 냄새와 살냄새가 섞여 후텁지근한 방은 숨이 막힐 것처럼 부풀어 있다.

기석에게 손까지 잡힌 정란은 연애할 때의 감정이 들면서도 모텔에 들어오니 이상한 죄의식이 올라오고 노골적인 상상을 하게 되는 모텔 내부가 어색하기만 하다. 모텔에 들어올 때마다 정란은 이런 생각에 사로잡히지만, 하여간 설레기는 한다.

정란이 재킷을 벗어 침대에 던져놓고 참았던 소변을 보러 화장실에 들어가니 욕실은 급하게 청소한 듯 물기가 부분부분 남아 있고 물비린내가 난다. 마른걸레로 닦은 것 같아도 깔끔한 정란의 눈에는 허점이 다 보인다. 정란 부부가 오기 바로 전에 손님이 나가고 재빨리 청소를 한 티가 난다. "요새 모텔은 적어도 하루 네다섯 번씩 회전한대. 주말에 모텔 가 봐, 방 없어." 이웃 여자들과 수다 떨 때 나오던 얘기가 떠오른다.

정란이 화장실에서 나오자 기석은 윗옷도 안 벗고 침대에 벌렁 누워 천장을 바라보고 있다. 왠지 그 눈이 정란이 보기에 허허로운 벌판 같다. 정란은 기석의 눈꺼풀이 감기는 것을 본다. 정란이 기석을 향해, 먼저 씻을게 눈 좀 붙여, 했지만 기석은 대답이 없다.

정란이 대충 씻고 들어와 벽에 걸려 있는 가운을 걸치는 소리가 나자 기석이 눈을 뜬다. 기석이 정란을 부른다. 이리와, 하더니 가운 속에 아무것도 걸치지 않은 정란의 몸을 만지기 시작한다. 손동작이 더디고 맨숭맨숭해 몸이 뜨거워질 때까지 오래 걸릴 것 같다고 정란은 생각한다. 정란이 잠깐 기다려, 하며 창으로 가서 커튼을 친다.

속커튼과 자주색 이중 커튼을 치니 대낮인데도 한밤중이 된다. 기석은 예전 정란과 함께 모텔에 왔을 때와 많이 다르다. 서둘러 들어와 거칠게 정란을 눕힐 때와 다르게 느긋하기까지 하다. 정란이 안 씻어? 하자 기석이 일어나 커피도 있네, 하며 커피믹스 봉지를 뜯어 탁자 위의 잔에 쏟고 커피포트의 물을 확인한 뒤 스위치를 넣는다. 한잔할래? 하며 정란을 보며 커피잔을 건넨다. 커피를 다 마신 기석은 옷을 천천히 벗더니 욕실로 들어간다. 샤워를 하고 나온 기석은 침대에 걸터앉아 TV를 보는 정란 곁으로 온다.

기석은 마음과 달리 잘하지 못하고 헤맨다. 마치 정란과 기석이 신혼여행 갔을 때의 첫날밤과 같다. 그때도 기석은 서툴러서 첫날밤을 잘 치르지 못했다. 순진한 건지 뭘 모르는 건지 기석은 밤새 허둥댔다. 여기 맞아? 정란한테 물었는데 정란도 어, 맞는 거 같애, 했었다. 기석의 물건은 이내 풀이 죽어버리고 행위는 순식간에 끝나고 만다. 정란은 달아오르던 참이었는데 기석은 정란의 마음 따윈 아랑곳하지 않고 돌아누워 버린다. 정란의 눈 안에 묘한 슬픔이 차오르는 것 같다. 정란은 미진함이 남았지만 최대한의 이해심을 담은 시선으로 기석의 등을 너그럽게 바라본다. 기석은 몸을 쓰는 직업 때문인지 팔뚝에 근육도 제법 있고 누운 등도 남자답다. 남자다움도 피곤에 절어 제 역할을 못한다는 생각이 언뜻 스친다.

배관공인 기석은 젊을 때는 안 그랬는데 오십이 넘자 늘 피곤에 절어 있었다. 한 달에 한두 번 있을까 말까 하는 쉬는 날에는 종일 잠만 잤다. 소파와 한 몸이 된 기석을 볼 때마다 저이도 이제 늙나 봐, 정란은 전에는 기석에게 못 느꼈던 것들이 요즘은 느껴진다. 먹는 것도 시큰둥하고 종일 잠만 자는 기석이 언제부턴지 짠하게 느껴지기 시작했다. 정란도 나이가 든 것인가, 기석을 보는 눈이 엄마 마음으로 변하고 있다. 정란은 자는 기석을 뭐라 하지 않았다. 아들을 보듯 안쓰러운 눈으로 조금이라도 더 자라고 했다. 군대 다녀오고 곧바로 배관공 일에 뛰어든 기석은 한 번도 아픈 적 없이 건강만큼은 타고났다. 불뚝성이 있어 욱하기를 잘하고, 한 성격해서 가끔은 미꾸라지에 소금 뿌린 것처럼 팔딱거리긴 해도 그럴 때만 정란이 피해 가면 무난하게 결혼생활을 유지할 수 있었다.

정란은 등을 세우고 누운 기석의 등 뒤로 다가간다. 군살 하나 없는 기석의 목덜미며 어깨 뒤에 정란은 밀착한다. 귀밑으로 센 흰머리가 한 움큼이다. 유독 흰머리가 빨리 나는 기석이라 갑자기 늙은이처럼 느껴진다. 정란은 새치만큼은 없어서 친구들이 부러워했다. 사십 넘자마자 염색 시작한 친구들이 많은데 그것만큼은 타고난 복 같아 다행스러웠다. 정란은 아까의 미진함이 억울한지 기석의 등 뒤에 더 바짝 밀착한다. 안 한 지 오래되어 잊어버린 건가 픽 웃음이 나는 정란이다. 팔을 뻗어 기석의 어깨를 안아도 미동도 없다. 곧 기석의 코 고는 소리가 규칙적으로 들려오기 시작한다. 아쉬운 것도 헛헛한 것도 한순간이라 정란은 곧 잊어버린다. 생각해보면 욕정도 욕망도 욕심도 한순간이었다. 한순간만 지나가면 다음 일이 지천이라 이런 감정을 붙들고 있는 것도 사치 같았다. 정란은 성적 욕망이 없어진 지가 꽤 오래되었다는 것을 인지하지도 못했다. 그냥 편했다. 청춘 시절이 있었나 싶게 뭐든 안 하면 잊히는 것처럼. 딸 둘 키우고 두 노인네 모시고 살면서 기석과 정란의 삶은 빠른 속도로 지나갔다.

기석과 정란은 쉬지 않고 일해도 사는 형편이 거기서 거기였다. 늘 빠듯한 생활은 나아지지 않았다. 더구나 시어머니의 치매가 진행되고 정란이 그나마 벌던 것도 없으니 기석 혼자 벌어 온 식구가 먹고사니 빠듯함의 연속이었다. 한 달 벌어 한 달 먹고사는 형편이지만 안 아프면 다행이고 건강이 보험이라 생각하며 살았다. 월세 없고 나가라는 말 안 하고 가족들 한데 모여 사는 이 오래된 아파트가 있는 게 가장 큰 위안이었다. 두 노인네가 병이 들어 우환이 생기고 우울한 분위기가 이어져 질릴 때쯤에는 정란도 기석도 나이 오십이 훌쩍 넘어 있었다.

기석과 정란은 섹스리스 부부다. 본의 아니게 그렇게 되었다. 사이좋던 부부 사이는 예전에 끝났다. 친정엄마는 시어머니와 말 안 한 채로 몇 달을 버티다가 큰딸 민영이 대학에 들어가 기숙사로 가자 얼씨구나 하고 민지 방으로 짐을 옮겼다. 작은딸 민지는 외할머니가 슬그머니 들어와 함께 방을 사용하게 되자 슬슬 안방으로 들어와서 슬쩍슬쩍 자기 시작했다. 민지는 대학생이 되고 급기야 안방에 터를 잡아버렸다. 민지에게 안방을 뺏긴 기석은 거실로 밀려났다.

어떤 순간 반드시 부부만의 방이 필요했는데 방이 없다 보니 차츰 욕정도 없어졌다. 가끔 저녁때, 잠시 여유 있는 시간이 기회처럼 찾아들 때가 있었다.

"엄마, 우리 마트 갔다 올게. 뭐 잡숫고 싶은 거 없어?"

기석은 정란을 향해 끼 부리듯 윙크를 보냈다. 유머감각과 애교가 별로인 기석이지만 이럴 때 보면 제법 귀엽게 보였다. 정란과 기석은 마트에 다녀온다는 핑계를 대고 차를 몰고 집에서 가까운 강변 쪽으로 나갔다. 시가 끝나는 경계 지점인 낙동강 지류인 강변은 폭이 넓고 모래사장이 해변 같았다. 정란과 기석은 고물이 되어 찌그덕거리는 봉고차를 몰고 긴 강변을 달려 모텔촌으로 갔다.

봉고차 뒷좌석은 여러 개의 상자에 담긴 오만 가지 연장이 들어 있어서 차가 턱을 넘을 때마다 덜커덩대며 쇳소리를 낸다. 낡은 봉고차는 라디오도 먹통이 된 지 오래고 창문도 스위치를 넣음과 동시에 손으로 밀어 올려야만 닫힌다. 연장통이 달그락거리는 금속성의 소리는 의식도 못 할 만치 익숙해서 그들에게는 아무 소리도 안 들린다. 고즈넉하고 정적이 흐르는 강변 분위기는 정란과 기석의 마음을 흔들어 다시금 신혼시절로 돌아가게 해주었다. 모텔은 많았지만 꼭 궁전모텔로 갔다. 맨 처음 간 애착 때문이었다. 그 후로 나름 단골이 된 궁전모텔을 잊을 만하면 갔지만 몇 번 되지는 않았다. 그때만 해도 시어머니는 치매 초기이고 지금보다는 훨씬 평화로운 시기였다. 새가 둥지에 깃들 듯 그 모텔은 정란과 기석에게 둥지처럼 아늑한 장소가 되어주었다.

그러나 그것도 한때에 그치고 말았다. 시어머니의 치매가 심해지면서 행동이 난폭해졌다. 식구 중 한 사람은 환자를 지켜야 했다. 언제 현관문을 열고 나갈지 모르는 환자를 감시해야 했으니 피로감이 가중됐다. 그렇게 부부의 모텔행은 흐지부지되었고 환자를 중심으로 돌아가는 생활로 가족들은 서로에게 툭하면 불만을 터트리고 짜증을 부렸다. 부부의 정도 한때였는지 노인네들에게 치여 사느라 바빠 부부의 몸 같은 건 아예 잊고 살았다.

항상 방이 문제였다. 코딱지만 한 방이 그래도 세 칸인데 한 칸은 시어머니가 차지하고 안방은 정란과 민지가 자고 안방 앞 딸들 방은 친정엄마가 들어앉아 있다. 민지는 외할머니랑 자기 싫다고 노골적으로 툴툴거렸다. 민지는 외할머니가 비비고 들어앉자 안방에 파고들었다. 기석은 민지에게 밀려났다. 기석은 별수 없이 내가 거실에서 자지 뭐, 난 아무 데나 자면 돼, 거실이 더 좋아, 환하고, 했다. 기석은 좁은 거실의 TV 앞에 이불을 펴고 잔다. 정란도 별생각 없이 거실에 자리를 펴주었던 것이 이렇듯 오래 지속될지 몰랐다.

두 노인네 사이가 틀어진 것은 함께 산 지 삼 년이 채 안 되었을 때부터다. 사단은 노인정에 들락거리기 시작한 지 얼마 안 돼서 일어났다. 시어머니는 노인정 회원이어서 눈만 뜨면 출근하고 친정엄마는 일을 좋아해서 밭 가꾸고 장 보러 다닌다고 노인정은 안 갔다. 한날 시어머니가 권했다. 사돈, 노인정 같이 가십시다. 친구도 사귀고 얼마나 재미난지 몰라요, 하며 친정엄마를 부추겼다. 친정엄마는, 나는 아직 노인정 갈 나이 멀었는데, 하며 몇 번 튕기다가 시큰둥한 얼굴로 따라나섰다. 시어머니는 그런 친정엄마더러 아이고 사돈, 더 젊은 사람도 많이 와요. 했다. 친정엄마는 몇 번 다녀오더니 노인정 나가는 재미에 푹 빠졌다. 아이고야, 할마씨들이 어쩜 그리 재미나게 노는지, 맛있는 것도 날마다 해주고. 속에 말을 못 담고 사는 친정엄마는 노인정 얘기를 하루도 안 빠지고 일일드라마처럼 정란에게 해주었다.

처음에는 두 분이 나가면서 서로 옷도 봐주고 주거니 받거니 칭찬도 하며 동부인처럼 출퇴근했다. 정란과 기석이 보기에도 마치 친자매처럼 그렇게 다정할 수가 없었다. 그로부터 몇 달 후, 임기가 끝난 노인회장을 뽑는 선거가 있었다. 불꽃 튀기는 선거전을 치르고 새 노인회장이 선출됐다. 조금씩 의견 차이를 보이던 노인들이 두 패로 엇갈리게 되었다.

오래된 묵은 사건이 수면 위로 떠올랐던 것이다. 한쪽은 전 노인 회장 편, 또 한쪽은 현재 노인회장 편이었다. 시어머니는 전 노인회장 편, 친정엄마는 현 노인회장 편이 되었다. 전 회장 편과 현 회장 편은 여당 야당처럼 편이 갈리고 노선이 완전히 반대였다. 놀 때도 밥 먹을 때도 편대로 놀고 편대로 먹기 시작했다. 편끼리 험담을 하고 반대 편과는 말도 안 섞었다. 한 번씩은 삿대질을 하고 고성이 오가고 정치판 같은 진흙탕 싸움이 벌어졌다.

현 회장 편은 아파트 상가와 신협과 주민센터 등에서 들어오는 돈과 선물은 노인정 내에서만 먹고 쓰고 외부 유출을 하지 말자는 쪽이면서도 슬쩍슬쩍 자기 사람들끼리 몰래 집으로 가져가고 공금으로 회식하다 들키기를 몇 번 했다. 전 회장 편도 예전 간부들끼리만 모여서 회식하고 그 많은 공금을 어디다 쓰는지 공개하라며 현 회장을 비난했다. 전 회장 편은 그 많은 쌀과 과일 선물세트를 다 먹고 쓰지도 못하는데 엔 분의 일 해서 나눠 집에 가지고 가면 뭐 어때, 하는 쪽이었다. 회식도 회비 걷지 말고 들어오는 돈으로 충당하면 되는데 회비는 꼬박꼬박 받아서 다 뭐에 쓰는지 모르겠다며 전 회장 측에서 들고일어났다. 내가 회장 할 때는 우리 서로 좋았잖아? 이건 뭐 말과 행동이 달라서 원, 장부도 공개 안 하고 말야. 팔을 걷어 부치고 까딱하면 몸싸움이라도 벌일

태세로 서로 으르렁거렸다. 노인들이 자기 편 인원수를 대조해가며 맞장을 뜨는 게 정란이 보기에 그렇게 유치하고 치사해 보였다.

친정엄마는 노인정에 나가면서 새로운 친구를 사귀었다. 노인이 되면 사교성도 좋아져서 쉽게 친해졌다. 친정엄마는 동향이라고 살뜰히 챙겨주는 오라버니와 친하게 지냈다. 노인정에서 파하고 집에 곧바로 안 들어오고 두 분이 공원을 산책하고 막걸리도 한잔했다.

친정엄마가 늦게 들어오면 시어머니는 "사돈 어디 갔다 오요. 그쪽 사람들 숭하요. 잘못하면 포섭당해요." 했다. 그러면 친정엄마는 "아이고 사람 차별하면 안 돼요. 알고 보니 한 고향 사람입디다." 하며 맞받았다. 시어머니는 "남자는 늙으나 젊으나 다 짐승인 거라. 사돈이 아직 젊어서 인기는 있소만." 하고 여운을 남기는 말을 하면 친정엄마는 "오라버니라니까요." 하며 눈을 살짝 흘겼다. 친정엄마는 시어머니보다 여덟 살이나 젊어서 유세까지는 아니지만 아직 사랑 같은 걸 할 만한 나이라고 은연중에 말하는 것 같기도 했다. 목소리 톤에 묻어났다. 시어머니가 그런 세세한 감정을 알아차리지 못해도 친정엄마는 사부인 기분 따윈 아랑곳없이 본인 우월감에 젖어 있다는 걸 정란은 알면서도 모른 척했다.

정란이 친정엄마에게 들어보면 노인들 문제는 별거 아니

었다. 물어뜯을 만큼 심각한 것도 없었다. 노인들 입장에서 보면 서로 꼴사나워 보여도 어느 한순간 상대방이 눈물을 글썽이며 애원조로 나오면 곧바로 마음이 뒤돌아서곤 했다.

정란은 두 분에게 번갈아 노인정 얘기를 듣다 보니 정란 자신이 노인정 회원인 것처럼 안 봐도 분위기가 훤히 파악됐다.

친정엄마는 정란에게 대놓고 험담은 못 하고, 너네 시어머니, 요새 어떤 세상인데 그리 구닥다리냐, 하며 교양에서 비켜나지 않는 말을 했다. 그러다 차츰 사태가 악화돼 시어머니 쪽에서 교양을 벗어난 대담한 발언을 하기 시작했다. "너네 엄마는 노인정에 늦게 들어와서 뭘 안다고 발언권이 그리 세냐, 몰랐는데 성질 참 더럽더라. 그러니 너네 아버지한테 이혼당했지."라며 정란에게 못 할 말까지 했다. 정란은 노인이 되면 애가 된다더니 두 분 다 피장파장이야, 한쪽 귀로 흘렸고 그래야만 된다는 걸 잘 알았다. 더 깊게 들어가면 집안싸움으로 번질 판이어서 생각만 해도 두통이 밀려왔다.

언제부터인지 두 노인네는 완전히 틀어졌다. 집에 와서는 말을 안 섞었다. 시어머니가 먼저인지 친정엄마가 먼저인지 정란도 헷갈렸다. 정란이 이런 상황을 눈치챘을 때는 두 분 사이가 벌어진 지 한참 지났을 때다. 그때만 해도 딸들이 고등학교 중학교 다닐 때였다. 한집에 살면서 말 안 하고 사는 불편하기 짝이 없는 상황을 보는 정란은 또 속이 부글거리고 터질 대로 터졌다. 정란과 기석은 화해시키려고 몇 번 시도하다가 노인들이 완강함의 끝판임을 알고 말을 잃었다. 죄 없는 정란 부부와 딸들은 가시방석 위에서 살아야 했다.

친정엄마는 민지 방을 차지하자 막힌 속이 트였다. 서로 말도 안 하면서 사부인 방에 궁둥이를 붙이고 분리수거 할 물건 취급당하는 모멸감이 참을 수 없었다. 시어머니는 시어머니대로 교양 없는 분이 아니라서 아들 둔 유세를 드러내놓고 하지 않았지만 아들 없이 딸 집에 은근슬쩍 걸쳐 사는 사돈에게 전에 없던 경멸감을 표했다. 친정엄마는 사부인 없는 틈을 타 정란 앞에서 아들 없이 딸 집에 얹혀사는 신세가 서럽다고 눈물 콧물을 쏟고 신세타령을 했다. 불쌍해 보이는 이면에는 친정엄마 특유의 배짱이 넘쳤다.

"노인정 가서 물어보면 다들 그런다. 딸이나 아들이나 똑같이 배 아파 낳고 키울 때 똑같이 키우고, 요새 세상에 딸이나 아들이나 뭐가 그리 차이가 난다고, 흥."

흥, 하고 세게 콧바람을 튕겼다. 은근히 할 말 다 하고 사는 친정엄마에게 정란이 대놓고 나무랐다.

"엄마, 그러니까 잘들 좀 지내시지. 아휴 골 아퍼. 우리 시어머니 좀 대쪽 같기는 해도 금방 풀어지고 뒤끝 없는 분이야. 엄마가 더 세니까 그래." 하면, "노인네가 고집이 어찌나 센지, 쇠고집이라니깐." 하며 도무지 물러서지 않을 기세였다.

그러던 게 일이 점점 꼬여갔다. 방을 각각 차지하고 나서부터는 아예 따로따로 행동했다. 밥도 한 분이 먹고 있을 땐 안 나오고 먹고 나면 나오는 식이다가, 시어머니는 상을 방에 차려 오라고 할 정도까지 돼버렸다. 화해하기엔 도가 넘어버린 걸 깨닫자 정란과 기석과 딸들은 어느 장단에 맞춰야 할지 몰라 눈치 보고 쩔쩔맸다. 집안 분위기는 살벌해지고 화해는 불가능해져 버렸다.

정란은 친정엄마를 생각하면 한없이 우울해진다. 아들 못 낳았다고 남편에게 버림받고 여자 혼자 안 해본 일이 없을 정도로 궂은일 하며 정란을 키웠다. 정란만은 애지중지 귀하게 키웠다. 정란이 대학까지 나오고 정란보다 학력도 떨어지고 배관공인 기석과 사귀다 결혼한다고 했을 때도 속으로 달갑지 않았지만 쿨하게 승낙한 친정엄마였다. 돈보다는 마음으로 정란을 아껴줄 기석의 속마음을 보았기 때문이라고 했다. 정란을 시집보내고 혼자 쓸쓸히 살던 엄마를 모셔올 때만 해도 이런 상태가 될 줄 몰랐다. 시어머니가 치매 진단을 받고 병세가 진행되면서 친정엄마는 사부인을 위했던 첫 마음으로 돌아간 것처럼 보였다. 그러나 본인도 퇴행성관절염을 앓으며 누워 지내니 똑같은 신세가 된 것이다.

기석은 등을 세우고 돌아누워 시체처럼 자고 있다. 정란은 기석 등에 밀착해 누워 있지만 잠이 들지 않는다. 누워서 까만 천장을 바라보며 이 궁리 저 궁리 하자 집 생각이 자동으로 떠오른다. 민지가 도서관에 간다는 걸 간신히 부탁해서 할머니들 좀 돌봐달라고 집에 앉혀놓고 나왔다. 지금쯤 집은 난장판이 돼 있겠지. 민지 대답은 엄마 다녀오세요, 다 알아서 할게요, 했지만 아무것도 안 하고 컴퓨터에만 눈을 박고 있을 건 안 봐도 훤하다. 할머니들이 부르면 달려가긴 하겠지만 무얼 한단 말인가. 밥은 제대로 줬는지도 모르겠고 개수대에 그릇은 산더미일 테고 거실 바닥은 걸을 때마다 발바닥에 찌꺼기가 거치적거릴 테고, 무엇보다 시어머니의 기저귀 사이로 빠져나온 똥 냄새가 온 집안에 진동할 테고 친정엄마의 신음소리는 화음을 맞추겠지. 빨리 요양원 문제를 결정해야지 언제까지 이렇게 살아야 한담, 두 분 다 한꺼번에 보내야지, 안 되겠어. 거기까지 생각이 미치자 정란은 몸을 부르르 떤다.

새벽부터 설쳐 먼 길 다녀오느라 피곤했던지 기석은 코까지 골며 자고 있다. 기석의 코 고는 소리는 심신을 원기회복 시켜줄 것처럼 경쾌하고 건강하게 들려온다. 정란은, 몸은 피곤하고 눈은 쓰라린데 이상하게 잠이 안 와서 욕실로 들어가서 더운물을 틀어 몸을 담그고 앉았다. 욕조는 월풀 욕조여서 폭포수 같은 기계의 소용돌이 속에 한참을 들어앉아 있었다. 우아한 귀부인처럼 거품을 잔뜩 내 온몸 구석구석을 씻고 느리게 샤워를 했다. 몸은 개운해지고 벗었던 옷을 주워 입으니 모텔에 들어올 때의 기대는 간 곳 없고 텅 비어버린 듯한 공허가 밀려들었다. 이런 기분은 뭐람. 크게 뭘 바라는 것도 없는데 씁쓸한 뒷맛을 없애기라도 하듯 정란의 입에서 노래가 흘러나왔다. 정란은 부엌일을 할 때나 청소나 노인네 방을 치울 때는 항상 노래를 불렀다. 노래를 하면 흥이 나고 흥이 나면 짜증이 달아났다. 잠에서 깬 기석이 노래 부르는 정란을 보고 만족감에 기분이 좋아 그러는 걸로 착각을 하고 정란의 어깨를 툭 친다. 정란은 기석을 보는 대신 벽시계를 본다. 예전 모텔에 들 때는 시간이 쏜살같이 가서 아쉬웠더랬는데, 모텔에 든 시간은 겨우 두 시간도 안 되었다.

모텔에서 나오자 어두워지고 있다. 손톱만 한 노을이 산 뒤로 쑥 빨려들어 가고 주위가 급격히 검어진다. 강가를 지나자 횟집들이 나타났다. 기석은 크게 마음먹은 듯 아, 배고파, 하더니 모텔로 들어갈 때처럼 횟집으로 차머리를 밀어 넣는다. 빨리 집에 가야지, 밥 먹고 가면 늦어. 정란이 말하자 기석은 대꾸도 없이 먹고 가, 배고파, 한다. 집을 잊고 싶은 사람은 정란인데 오늘따라 기석이 더하는 것 같다.

횟집 주차장에 차를 대는데 정란의 가방 속에서 휴대폰이 부르르 몸을 떤다. 정란이 전화를 받는다.

"엄마, 왜 전화를 그렇게 안 받아? 거기 어딘데?"

"응, 왜 무슨 일이니?" 하면서도 가슴이 쿵 무너진다.

"빨리 와. 난리도 아니야."

"할머니들 밥 안 줬어?"

"밥이 문제가 아니고 감당을 못 하겠어. 나 진짜 미쳐."

민지의 접시 깨지는 듯한 목소리가 전화 밖으로 튀어나올 듯 쨍그랑하다.

"그래그래, 알았다. 곧 갈게."

정란이 휴대폰을 확인하니 부재중 전화가 세 통이나 된다. 모두 민지에게서다. 새벽부터 경황 없이 나오느라 난리도 아닐 집 꼴이 보지 않아도 훤하게 그려진다. 집 안은 얼마나 어수선하고 엉망진창일지 상상만 해도 한숨이 나오고 이대로 차를 몰고 세상 끝까지 가버리고 싶다.

정란과 기석이 차 대는 걸 포기하고 그대로 차를 돌려 집으로 쌩쌩 달리는데 국도인데도 시속 100킬로가 넘을 듯한 속도다. 고물이 돼 삐걱거리는 봉고차 뒤에서는 연장 부딪히는 소리가 오늘따라 더 요란하다. 어둠 속에 잠긴 강변을 달리는 봉고차의 헤드라이트 불빛이 강렬하다. 차에서 시덥지 않은 기침소리가 나기 시작하자 기석은 차가 퍼질 것 같다는 예감이 드는데 털털거리더니 딱 서버린다. 그럴 만했다. 전에도 두 번인가 퍼진 적이 있어서다. 차는 헛방귀 나오듯 힘없이 푸쉬 하더니 완전히 서버린다. 주위는 완전 칠흑이다.

휴가

오히려 너 같은 몸이 좋아. 너무 말라도 인체의 미가 안 살아나지.
너는 선이 좋아. 인조거웃을 붙이면서 수치심을 느꼈지만 반복하자
수치심 같은 건 애초에 없었던 듯 사라져버렸다.
돌계단을 한 칸씩 밟고 올라갈 때마다 바삭바삭 입안에서
웨하스가 부서지는 소리가 났다.

몰입

첫 곡의 스타트를 끊기 직전의 오케스트라처럼 팽팽한 긴장감을, 침묵의 20분을 그녀는 견디고 있다. 오늘의 드로잉은 다른 때보다 힘든 시간이다. 한 포즈로 20분의 시간을 견뎌야 하기 때문이다.

열 명의 인원이 그녀를 응시한 채 몰입하고 있다. 오직 그녀 한 사람만을 향한 채 스케치하는 광경은 그야말로 숨 막히는 듯하다. 짧게는 2, 3분짜리 포즈도 있고 5분 혹은 10분짜리도 있다. 그러나 오늘처럼 관절이 꺾이고 몸을 많이 틀어야 하는 포즈는 거의 노동에 가깝다. 그 포즈로 그녀는 석상처럼 견뎌야 한다. 몰입도를 떨어뜨리지 않기 위해 그녀는 숨을 고른다.

무릎을 꺾고 앉아 있는 그녀는 알몸이다. 보기에 따라서는 마치 곡哭을 하고 있는 자세 같기도 하다. 두 손은 무릎과 나란하게 바닥을 짚고 있고 왼편으로 몸을 약간 틀고 있다. 등의 곡선이 부드럽게 휘도록 상체를 살짝 숙이고 있어서 머리카락이 흘러내려 자연스럽게 양 볼을 감싸고 있다. 잠자리에 들기 전, 거울 앞에서 연습하곤 했던 가장 기본적인 포즈이지만 누구도 흉내낼 수 없는 포즈이기도 하다.

서걱서걱.

연필 긋는 소리만이 가위로 종이를 오리는 소리처럼 서걱거리며 들려올 뿐 실내는 숨소리조차 없이 조용하다. 25평 정도의 갤러리 대리석 바닥 한가운데, 그녀는 정박한 배처럼 움직임 없이 앉아 있다. 한 평 크기의 두툼한 아이보리색 카펫을 깔고 앉아 있는 그녀의 몸은 실내의 어느 위치에서나 완전히 보인다. 다만 드로잉하는 사람의 각도에 따라서 형상은 각기 다르게 나타날 것이다. 그녀의 앞과 뒤편으로 조금 멀찍이 떨어진 곳에, 선풍기 모양의 전기히터가 빨갛게 열기를 내뿜고 있어서 그다지 춥지는 않다.

시간이 흐를수록 공기는 가라앉아 시험 시간 중인 교실처럼 무겁기만 하다. 상체를 약간 틀어 바닥을 짚은 두 손바닥에 힘이 들어가 몇 분이 흘렀는지 손바닥과 목 뒤가 뻐근하게 아파오기 시작한다. 조금만 더 있으면 지루함의 증상이 온몸에서 일어날 것을 알기에 그녀는 읽고 있는 소설 내용을 머릿속에서 정리해 나간다.

뒤늦은 나이에 수묵화에 빠져든 일영 선배는 그녀에게 모델 일을 권했다.

너무 어렵게 생각하면 아무것도 할 게 없어. 그냥 한번 해 봐. 그 일도 할수록 재미있다고 하더라.

처음에는 반신반의했다.

오히려 너 같은 몸이 좋아. 너무 말라도 인체의 미가 안 살아나지. 너는 선이 좋아.

뱃살도 좀 있고 어깨도 약간 벌어져야 한다고 했다. 인체의 선과 미가 제대로 살아나려면 적당히 풍만한 그녀의 몸이 딱이라고 했다. 그렇게 시작한 일이다. 일영 선배의 알선으로 나이 서른이 넘어 모델 일을 한다는 게 신기했다.

맞춰놓은 타이머 시계가 울린다.

여기저기서 탄식 같은 한숨을 내뱉는 소리가 들린다. 그녀가 담요로 몸을 감싸고 일어서자 관절이 두둑 소리를 낸다.

그녀는 탈의실로 들어가 발목까지 오는 롱코트를 걸치고 화장실로 들어간다. 마지막 20분이 한 번 더 남아 있기 때문에 코트 속에는 아무것도 입지 않아도 되었다. 포즈를 취하기 바로 전에 화장실에 다녀왔지만 긴장 때문에 소변은 자주 마려웠다.

부동자세로 오래 앉아 있어야 하는 단련된 몸은 알아서

자동으로 스톱되었다. 몸의 선을 유지하기 위해서는 몸매관리가 중요했다. 몸의 선이 허물어지면 이 바닥에서는 스스로 나설 수 없었다. 정기적으로 헬스클럽에 다니고 가급적 자세를 흐트러뜨리지 않기 위해 의식적으로 똑바로 걸었다. 처음 이 일을 시작했을 때만 해도 집 안에서조차 하이힐을 신었지만, 지금은 그 정도까지는 아니다.

그만 하면 아직 젊지. 그리고 넌 무엇보다 프로 정신이 있잖아?

무슨 일이든 안 하면 몰라도 시작했다 하면 끝을 보는 그녀의 성격을 두고 일영 선배가 했던 말이었다.

다 끝나고 나서 드로잉과 크로키 작업물을 보면, 그녀는 자신의 몸보다 화가들이 그리는 선이 아름답다는 생각이 들기도 했다.

10분의 달콤한 휴식시간이 끝나고 오늘의 마지막인 세 번째 포즈가 다시 시작된다. 열 명의 화가들은 각자 나름대로 좋은 위치에 앉거나 서거나 또는 벽에 기댄 자세로 그녀를 드로잉해 나간다. 다시 죽음 같은 침묵이 이어지고 4B연필의 사각거리는 소리만이 실내를 가득 채운다.

질투

목욕탕에서였다.

딸의 몸은 벙그러지기 직전의 한 떨기 싱싱한 꽃봉오리였다. 어리다고 생각한 건 그녀의 오산이었다. 아니, 이미 벙그러진 한 송이의 꽃이었다.

딸의 가녀린 어깨와 낭창하게 휘어진 등뼈의 선이 뿌연 불빛 아래 물방울을 머금고 고혹적으로 빛났다. 그녀는 딸의 몸을 순간순간 훔쳐보았다. 전에는 사물을 보듯 그냥 멍청히 예쁘다는 심정으로만 봐왔는데, 그날따라 전과 다르게 딸의 몸이 눈에 쏙 들어왔다. 마치 염탐이라도 하는 것 같은 기분이었다. 뒷덜미의 보송한 솜털과 무성할 정도로 실하고 숱이 많은 체모를 보자 마음이 이상해졌다. 그녀는 자신의 벗은 몸을 내려다보았다. 숱이 빠져 적어진 거웃과 처지기 시작한 젖가슴이 있었다. 가슴이 싸해지며 미세한 통증이 밀려오기 시작하는 이것은 분명 질투심이었다.

목욕탕에 갈 때마다 매번 봐온 몸이지만 그날따라 별스레 딸의 몸을 보기가 객쩍었다. 나도 저런 몸이었을 때가 있었던가. 동그랗게 솟아오른 탱탱한 젖 봉분은 딱 밥공기만 했다. 버찌만 한 유두는 분홍빛 원에 둘러싸여 오롯했다. 연약한 분홍빛 유두. 위험해 보이기까지 한 그 선명한 젖꽃판은 차마 쳐다볼 수 없게 아름다웠다. 예쁘다는 차원을 넘어 요요하고 신비스러웠다. 얼른 달려가 다른 사람이 못 보게 덮어버리고 싶었다. 그녀는 딸의 몸에 심한 질투를 느꼈다. 그녀는 딸을 똑바로 보고 있지 못하고 눈을 돌렸다. 그녀는 고개를 돌리고 뜨거운 탕 안으로 들어갔다. 한창 감수성이 예민한 딸은 자신을 빤히 보는 것을 참을 수 없 어했다. 특히 거울 앞에 앉아서 얼굴을 매만질 때, 그녀가 빤히 쳐다보는 것을 못 견뎌 했다. 그 나이 때 그녀와 똑같았다.

엄마, 뭘 그리 보는 거야? 왜, 보면 좀 안 되니? 어디 닳기라도 한다니? 그래도 보고 있는 건 싫어, 왠지……. 보지 말란 말야. 그래 알았어, 안 볼게.

그녀는 딸의 몸에서 시선을 거둬들이며 엄마 생각을 한다.

그래, 왠지 싫어…….

그것은 설명할 수 없는 물음이고 대답일 것이다. 자신에게 쏟아지는 시선이 민망하고 부끄러워 비밀을 들킨 것 같은 기분을 그 나이 때 그녀도 느꼈다. 친정엄마는 보고 있기도 아깝다는 표현을 쓰며 그녀를 오래도록 바라보고는 했다. 그녀는 엄마가 자신을 뚫어져라 쳐다보는 것을 참지 못했다. 엄마의 그윽한 시선의 의미를 모르지 않았지만 부담스러웠다. 엄마, 좀 보지 마, 제발. 엄마를 똑바로 쏘아보며 가시 돋친 말로 엄마의 시선을 피하려 했던 그녀였다. 딸도 그때 그녀의 심정일 것이다.

탕 속에 앉아서 바라보니 딸은 풍성한 머리채를 틀어 올리고 고개를 내리박은 채 허벅지 쪽을 씻고 있었다.

목욕탕에서 나와 집으로 오면서 그녀는 돌멩이를 발로 차며 장난스럽게 걷는 딸의 옆모습을 유심히 봤다. 옷도 액세서리도 자연도 모든 배경도 딸의 젊음 앞에서는 무력하다는 생각이 들었다. 비 온 다음 날의 햇빛 찬란한 아침처럼 딸의 젊음은 찬연히 빛나고 있다. 방금 목욕을 마친 딸의 옆얼굴은 긴장과 섬세함이 깃든 보통 처녀의 얼굴이었다. 탕 안에서의 요요함과는 다른 풋풋하고 도도한 아름다움이었다.

비밀

같이 가요. 모두들 기다릴 거야. 한잔하고 들어가지 뭐. 집에 가봤자 누구 기다리는 사람도 없잖아요?

드로잉이 끝나고 옷을 갈아입고 나오자 케이가 기다리고 있다.

술을 즐기지 않는 그녀는 술자리와는 도통 친해지지 않고 부담스러웠다. 게다가 딸이 집에 혼자 있을 텐데 이러면 안 된다, 죄의식이 든다. 그러나 번번이 거절하는 것도 번거로워 하는 수 없이 간혹 끼곤 했다.

그냥 집에 가지 뭐. 끼어봤자 재밌는 사람도 못 되고…….

에이, 또 왜 그래요. 너무 그러지 맙시다.

호탕한 케이의 말이 귓속을 파고든다. 사실 케이의 지나친 호의가 부담스럽고 불편하다. 케이를 비롯해 가끔 어울리는 화가들은 딸에 대해 모른다. 혼자 사는 줄 안다. 딸은 그녀의 비밀이 돼버린 지 오래다. 애초에 비밀로 만들 마음은 없었지만 어쩌다 상황이 그렇게 돼버렸다. 비밀의 덫에 걸려들어 연속적인 비밀을 만들 수밖에 없었다.

요즘 들어 케이의 행동이 눈에 띄게 은밀해짐을 느낀다. 그녀는 그것이 부담스러워 피하고만 싶다. 케이는 지극한 보호자처럼 그녀 옆에 붙어 서서 속마음을 감추고 싶지 않다는 듯 대놓고 채근한다.

그럼 밥이라도 먹고 들어가요. 어차피 밥은 먹어야 할 테니.

네, 그러자구요.

덤덤하게 대답하고 막 어두워지기 시작하는 거리를 케이와 나란히 걷는다. 소슬한 바람이 불어온다. 풀어헤친 머리칼이 흘러내려 올 때마다 머리칼을 쓸어 넘기는 것을 반복하는 것은 그녀의 습관이다. 어색할 때 하는 제스처다. 케이의 왼손엔 화구가 들려 있다. 아무것도 없는 케이의 오른손은 묘하게 그녀가 맨 가방을 스친다. 그런 케이를 그녀는 못 본 척한다.

뒤풀이 장소는 갤러리가 있는 대학 후문에서 두 정거장 못 미쳐 있는 식당 겸 주점이다. 그녀와 케이가 들어선다. 화가 다섯 명과 한 명의 큐레이터와 모르는 사람이 둘 끼어 있다. 각자의 앞에 소주잔과 밥공기가 놓여 있고 벌건 찌개를 빙 둘러 반찬들이 놓여 있다. 그들 중 누군가가 자리를 만들어주기 위해 옆으로 비켜 앉자 모두들 조금씩 움직여서 자리를 마련해 준다. 그들 속에 끼어 앉는다. 모두들 들어선 그녀와 케이를 맞이하지만 특별히 둘에 대해 신경 쓰는 것 같지는 않다. 화제는 화가들 중 한 명이 준비하고 있는 개인전에 관한 얘기다. 물통 속에 떨어지는 빗물처럼 그녀와 케이도 자연스럽게 분위기에 흡수된다.

케이 일행과 헤어져 집에 오니 9시가 넘었다.

그녀는 술자리에 건성으로 끼어 있다 화장실에 가는 척 슬그머니 나왔다. 케이는 다음에 만나면 분명, 에이 왜 그렇게 매번 도망가듯 가버려요? 다음엔 그러지 마요, 할 것이다.

TV를 켜자 부모의 이혼으로 소년소녀 가장이 늘고 있다는 뉴스가 나오고 있다. 딸은 이 시간까지도 들어오지 않고 있다. 텔레비전 화면에 눈을 박으면서 딸의 휴대폰으로 전화를 걸었지만 받지 않는다. 세 번의 시도 끝에 전화를 받는다. 딸은 지금 집에 가는 중이라고 하며 그녀의 말이 채 끝나기도 전에 신경질적으로 전화를 끊어버린다. 딸칵 뒤의 침묵은 그녀에게 절망을 남긴다. 그녀는 계속 시계를 흘깃거리며 뉴스를 본다. 뉴스 말미에 남자 앵커는 전하고 있다. 호주 남부 태즈메이니아의 메리온만 인근 해안에 고래들이 떼로 몰려와 숨져 있는데, 구조대원들이 그 가운데 일부 살아 있는 고래를 구했다고 한다. 60마리 가까이는 이미 숨진 상태였으며 10마리 정도만 살아서 바다로 돌아갔다고 한다. 고래의 집단 자살은 종종 일어나지만 정확한 원인은 모른다고 한다.

TV를 끄고 샤워를 하는데 케이의 얼굴이 어른거린다. 뜬금없다. 그녀는 고개를 좌우로 세게 흔들어 케이의 환영을 내쫓았다. 샤워를 끝내고 헤어드라이어로 머리를 말리고 있는데 딸이 들어온다. 딸을 보자 가까스로 누르고 있는 인내심이 폭발하려 했지만 그녀는 애써 참고 온화한 표정을 가장한 채 묻는다. 대놓고 건드려 좋을 게 없다.

전화도 안 받고 오는 시간은 그렇게 오래 걸리고, 도대체 넌 뭐 하는 애니?

가시 돋치게 쏘아붙이면서도 딸 눈치를 본다.

딸은 거의 날마다 반복되는 그녀의 말에 대꾸할 마음이

없어 보인다. 내가 뭐? 하는 눈빛으로 홱 방문을 닫고 들어가 버린다. 그녀는 같은 말을 반복해도 반성의 기미를 안 보이는 딸이 어이없다는 표정을 짓고 닫힌 방문을 노려본다.

화를 참느라 한참을 서성거리다 딸의 방문을 열고 들어간다.

뭐니?

딸이 화들짝 놀라 감추는 것을 그녀가 빼앗는다. 웨이브가 굽실굽실한 긴 머리의 노란 가발이다.

이런 건 또 언제 샀어?

이런 거, 친구들은 한두 개씩은 다 있어.

별거 아니라는 투로 말은 하지만 눈엔 겁이 잔뜩 들어 있다. 그녀는 가발을 낚아챈다.

한심해, 고작 이런 거야?

줘. 이리 내놔.

딸이 악을 쓴다. 그녀는 패대기치듯 가발을 방바닥에 던져 버리고 방을 나온다.

딸과 이런 일로 옥신각신하는 날이면 기분이 우울해 견딜 수가 없다. 뭉텅뭉텅 잘라 쓰레기통에 처넣어 버리지 못한 것을 후회했지만 이미 지나간 일이다. 밖으로만 도는 딸과 속내를 터놓고 싶지만 고분고분한 아이가 아니다.

그녀는 늦게 시작한 모델 일에 매달렸다. 벗은 몸은 아직 아름다웠다. 그러나 오래 할 수는 없을 것이란 것도 잘 안다. 인조 거웃을 붙인다는 사실을 아는 사람은 아무도 없다. 인조 거웃을 붙이면서 수치심을 느꼈지만 몇 번 반복하자 수치심 같은 건 애초에 없었던 듯 사라져버렸다.

냉소

기억하고 싶지 않은 것이 있다.

이유를 대지 않은 채 등을 돌린 연인 같은, 뭘 잘못했는지 설명 듣지 못한 채 내치는 그런 것처럼.

얼마 전도 그런 날이었다.

밖에서 들어온 딸은 그녀의 누드 크로키를 찾아냈다. 한참 동안 씩씩거리며 노려보더니 피식 웃었다. 현관으로 들고 나갔다. 운동화를 다시 신더니 발로 지근지근 밟는다. 아이란, 아직 사춘기를 벗어나지 못한 아이들이란, 때로 충동적인 행동을 참지 못하는 법이다. 흙이 잔뜩 묻은 누드화는 금방 더러워진다. 운동화 자국이 벌집 같다. 가는 먹으로 그려진 선은 어지럽게 찍힌 발자국으로 난무하는 분진에 묻혀 알아볼 수 없다. 충격이다. 그녀를 노려보는 딸의 눈은 붉게 충혈되어 있다. 딸은 거침없이 쏟아낸다.

남에게 몸을 보여주는 게 아무렇지도 않아?

상상도 못 한 말이다. 딸 입에서 나온 말이라니, 가슴이 무너진다. 뭐라고 설명해야 딸을 이해시킬 수 있을까? 북북 종이 찢는 소리가 그녀의 가슴에 깊은 멍 자국을 남긴다. 운동화로 밟는 것은 그렇다고 치고 그림을 보고 피식 웃는 딸의 표정은 그녀의 속을 갈가리 찢어놓는다. 무엇보다 견딜 수 없는 건 딸에게 받은 모욕이다.

남에게 몸을 보여주는 게 아무렇지도 않아? 말은 이렇게 하지만 아이의 눈 속엔 엄만 겨우 이런 여자였어? 하는 느낌이 들어있다. 그리고 날마다 신경전이 벌어진다. 미묘한 신경전이다. 그녀는 충분히 딸의 마음을 알 수 있다. 직업이니 잘 봐 달라고, 이제 와서 어쩌겠냐고 큰 소리로 말하지 않는다. 그것은 극도의 참을성을 요구한다.

딸의 태도는 조금씩 변했다. 예전으로 돌아가 나아졌다는 얘기가 아니다. 이젠 감정싸움으로 치닫는다. 그날 이후, 딸은 시니컬한 표정으로 속마음을 표출한다. 그녀 역시 울분이 차서 견딜 수 없다. 그녀의 눈빛은 노기와 연민과 슬픔으로 가득 차서 복잡하다. 삭이지 못한 분노를 담고 있는 딸의 눈도 복잡하기는 마찬가지다. 무엇보다도 딸에게서 비웃음을 받는 것은 슬픈 일이다. 그녀의 자존감과 삶의 이유가 무너져 내린다.

화를 더는 참지 못하고 딸을 불러 세운다. 정신없이 뺨을 몇 대 갈긴다. 딸은 펑펑 운다. 펑펑 울면서 이 세상에서 자신보다 더 불행한 아이는 없을 거라고 악을 쓴다. 그런 상태로 많은 날이 지나간다. 시간은 모든 일을 조금씩 용서하고 잊게 만든다. 딸도 더는 과격한 행동은 보이지 않는다. 다만 무관심하려 애쓰는 모습이 역력하다. 그러면 그럴수록 그녀의 마음은 쓰려온다. 바위에 쓸린 해초 같은 심정이다.

일영 선배 생각이 간절해진다. 엄마처럼 의지하던 선배였다.

꼬박꼬박 달거리는 빠지지도 않는 년이 애를 못 낳는다는 게 말이나 되니?

열다섯 살, 초경을 시작하고 오십을 막 넘긴 지금의 나이까지 한 번도 빠짐 없이 28일 주기로 이어지던 월경이었다고 했다.

그런 생리 주기가 변하더라. 한 달 건너뛰기 시작하더니 안 나온 지 석 달도 넘었구나. 갈라진 논바닥처럼 곧 말라버리겠지.

푹 내쉬는 일영 선배의 한숨 소리는 만감이 교차한 듯한 바람을 몰고 왔다. 선배의 한숨 소리가, 추위에 말라가는 꽃송이처럼 처연하게 들려서 그녀는 선배를 바로 바라보기가 뭣했다.

넌 아직 멀었지?

언니는? 내 나이 이제야 사십이구만.

이런 주기로 이어지다가 아주아주 가버리겠지. 폐경이라니. 난 곧 쭈그렁바가지가 될 거야. 갈 데까지 간 거겠지……. 섹스를 한 게 언제였더라…….

들릴 듯 말듯 중얼거리는 듯한 일영 선배의 자조 섞인 말소리는 바람 속으로 사라졌지만, 그녀는 안타까움에 심한 마음의 동요를 느꼈다. 뭔지 알 수 있을 것 같았다. 일영 선배의 중얼거림은 계속됐다.

……목마는 방울 소리만 울리며 가을 속으로 떠났다. 술병에서 별이 떨어진다. 상심한 별은 내 가슴에 가볍게 부서진다. 잠시 내가 알던 소녀는……. 에이 지랄같이 오늘은 더럽게 센티해지네. 니년은 모를 거다. 말라가는 몸 앞에서 속수무책이라는 것을……. 나도 예전엔…… 물이 많았어. 애를 낳아도 열쯤은 낳았을 텐데…….

이상이 없는데 안 생기는 게 이상이란다. 그게 말이 되니? 하며 일영 선배는 예전에 산부인과에서 내린 진단을 말했었다. 어쨌든 아이를 못 낳는다는 이유로 두 번의 이혼 경력을 가지고 있는 일영 선배였다.

장기간 산장에 들어가 그림을 그리고 있던 일영 선배를

보러 간 건 일 년 전이었다. 그때도 늦가을이었다. 선배를 따라 산에 올라갔다. 한 시간쯤을 쉬지 않고 올라갔다. 편평하고 넓은 바위가 나타났다. 밑으로는 아슬아슬한 절벽이었다. 저 아래 계곡과 산장이 조막만 하게 보이는 지대였다. 잠깐 쉬자고 바위에 걸터앉았다. 일영 선배가 말했다.

내가 제일 좋아하는 곳이지. 산장에 와 있으면서부터는 매일 올라왔지. 여기 올라와 있으면 세상이 하찮게 여겨져. 모든 욕망이 사라져버리지. 신기해.

선배의 말에 동의하듯 그녀는 고개를 끄덕였다. 이어서 농담처럼 까르르 웃으며 선배가 말했다.

나 없어지면 여기로 찾으러 와.

언니, 농담을 해도.

그녀는 간이 서늘한 절벽 아래를 내려다보며 선배를 향해 눈을 흘겼다.

다음 날은 토요일이다. 저녁을 먹고 딸에게 우리 산책이나 하자, 고 제의한다. 신경전이 찝찝하게 거슬리지만 모녀 사이다. 가발을 방바닥에 패대기친 건 좀 심했나? 뺨까지 갈겼으니. 저 나이 때라고 뭐라도 다 이해해 줄 수는 없다는 걸 알아야지.

쏘아붙이며 당연히 거절할 줄 알았던 딸은 순순히 그러

자며 따라나선다. 딸은 언제 그런 일이 있었냐는 듯 누그러져 있는 게 아이답기는 하다.

늦가을 밤의 거리는 휘황한 네온사인과 간판 불빛으로 들뜨고 술렁거린다. 발랄한 딸 또래의 애들이 레게 머리를 하고 일부러 허접하게 연출한 청바지를 입고 키득거리며 몰려가고 있다. 휘황한 밤의 거리에서 모든 것은 빛이 나고 젊어 보인다. 늙고 도태되어가는 것은 이 거리엔 없는 듯하다. 젊은 애들은 밤의 세계에서 오만하게 즐거워 보인다.

딸과 상점의 쇼윈도를 들여다보면서 두 블록을 걷다가 아이스크림 집으로 들어가서 창가에 자리를 잡고 앉는다. 유리창 밖의 세상은 음소거 장치를 한 TV 속 화면처럼, 화려하지만 질서 있고 평온하게 흘러가고 있다. 불량기 가득한 십대 애들처럼 꼰 다리를 건들거리면서 딸과 아이스크림을 먹는다. 젊음의 거리에서 그녀도 젊은 기분이다. 그녀는 그런 포즈로 딸의 눈을 바라보면서 천천히 입속에 아이스크림을 흘려 넣는다. 점점 넓어지는 강폭으로 물이 아득하게 흘러가듯 그녀 자신이 아득히 흘러가는 듯하다.

딸의 열여섯 살 생일이 지났다.

요새 애들은 고민이 뭘까. 넌 고민이 뭐니?

꼭 딸에게랄 것도 없는 질문 같지 않은 질문을 한다. 딸은 즉각 말을 쏟아낸다.

고민 같은 거 안 해.

그러면서 별로 목표도 없고 하고 싶은 것도 없다고 덧붙인다. 뭘 그딴 걸 물어봐? 딸이 냉소를 담고 한마디 툭 던진다. 그녀는 속으로 뇌까린다. 그래, 그럴 수도 있겠다. 요즘 시대니까. 그래도 말이다. 뭐라도 생각하고 살아야 하지 않겠니. 생각뿐이다. 전달하는 순간 딸과 더 멀어질 것이다.

딸과 아이스크림을 먹고 온 다음 날이다. 예고 없이 거행된 이벤트처럼 갑작스러운 출발이다. 그녀 자신도 충동적이라는 생각을 지울 수 없다.

어디 좀 갔다 올까 해. 며칠 걸릴지도 몰라.

지금 뭐 하자는 거야? 딸은 생뚱한 표정으로 그녀를 쏘아보더니 자신의 표정이 지나치다는 생각이 들었는지 보던 TV 채널을 신경질적으로 눌러댄다. 어디 가? 따윈 묻지 않는다. 딸답게.

산장에, 선배가 있었던 곳에 가보려고……. 너도 일영 아줌마 알잖아.

딸이 툭 내뱉는다.

그 아줌마 죽었잖아.

그니까, 그냥 가보는 거야.

얼마나 걸려?

짜증이 심하게 밴 목소리로 그녀를 보지도 않고 묻는다. 산장이나 선배 따위의 단어는 알 필요도 없고 집을 비운다는 사실만이 중요하단 제스처와 말투다.

몰라 나도. 며칠 쉬었다 올 거야.

빨리 와. 불편해.

단답형으로 짧게 대꾸하고 리모컨을 탁자에 툭 던지고 방문을 쾅 닫고 들어가 버린다. 다만 불편하다는 말이다. 반찬이 없고 빨래를 못 하고, 그런 것이.

불편해도 어떻게 해? 며칠도 혼자 못 있어? 내게도 휴가를 좀 줘.

딸의 닫힌 방문에 대고 소리를 지른다.

꼭 그렇게 휴가라는 말까지 써가며 가겠다는 건 아니었다. 요즘 더 심해진 딸의 반항적인 태도가 아마도 예기치 않는 말을 불러왔을 것이다.

지금 갈 거야. 당장.

단단한 공깃돌을 차듯 모지락스럽게 딸의 방문을 향해 큰소리를 내뱉곤 산장에 전화를 걸어 예약한다. 그리고 가방을 싸서 곧장 출발한다.

산장

오후의 해가 비스듬히 기울어가는 산 구릉은 타악기의 건반처럼 검은 빛을 띠고 있어서 구릉과 계곡의 경계가 모호하다.

산장이 있는 관리소 입구에 도착하니 5시 10분 전이다. 3시간 동안 쉬지 않고 운전한 탓에 그녀는 조금 피곤함을 느낀다. 시동을 끄지 않은 채 차를 세워두고 관리소 안으로 들어간다. 관리인은 서른 살쯤 되어 보이는 머리를 짧게 깎은 젊은 남자다. 작년에 일영 선배를 만나러 왔을 때 있었던 좀 늙어 보이는 관리인은 보이지 않는다. 컴퓨터를 들여다보고 있던 남자는 서류철을 뒤지더니 아, 아침에 전화하셨죠? 하며 그녀의 이름을 확인하고 키를 찾는다. 키를 주면서 그녀의 몸 전체를 훑어본다.

키를 받아 안내 표지판을 따라 계속 올라간다. 왼편은 계곡이고 오른편은 숲이다. 와 봤던 길이라 그런지 여느 길처럼 조금 익숙하다. 그녀는 앞에 펼쳐진 산허리를 보며 천천히 차를 몬다. 합숙객들이 묵는 단체 동을 두 동 지나고 연립 같은 부속 건물을 세 동 지나고 야생화단지를 지난다. 운동 시설이 갖춰져 있는 작은 공원을 지나고부터는 숲이 이어진다. 포장되지 않은 자갈길은 계속 오르막이다. 한참을 올라가자 그녀가 예약한 오두막이 보인다. 일영 선배가 묵었던 방은 연립 같은 부속 건물의 2층이었다. 그녀는 그 방에서 선배와 함께 이틀을 지냈다. 생각해보니 그때도 지금과 비슷한 상황이었다. 딸과 언쟁을 한 다음, 딸을 혼자 놔두고 선배를 찾아 여기 왔었다. 일 년 전 늦가을이었고, 산은 만산홍엽으로 불타고 남은 흔적이 사라지지 않고 있었다. 다만 지금은 선배만 없을 뿐이다.

오두막 같은 작은 산장이 띄엄띄엄 두 동씩 비탈길을 따라 배치되어 있다. 산장은 모두 여섯 동이다. 다섯 동을 차례로 지나 맨 마지막에 위치한 끝동이 그녀가 예약한 산장이다.

그녀는 산장이 올려다보이는 길에 차를 주차한다. 가파른 길이라 위험할 수 있으므로 뒷바퀴에 돌멩이를 받쳐 놓는다. 산장은 차를 세워두고 한참을 걸어 올라가야 한다. 이제 조금 더 어두워졌기 때문에 산장은 짙은 산그늘을 드리우고 있다. 불 꺼진 산장은 움막처럼 초라하게 보인다. 집의 크기에 비해 타원형의 지붕이 유난히 넓어서, 납작 엎드린 게처럼도 보인다.

산장으로 오르는 돌계단에는 낙엽이 쌓여 수북하다. 돌계단을 한 칸씩 밟고 올라갈 때마다 바삭바삭 입안에서 웨하스 부서지는 소리가 난다.

그녀는 양손에 들고 있는 가방 두 개를 땅에 내려놓고 관리인에게서 받은 키로 문을 열고 들어간다. 실내는 어둑하고 오래 닫아둔 방에서 나는 곰팡이 같은 냄새가 심하다. 락스 냄새도 난다. 불을 켜고 창문들을 죄다 열어젖힌다. 그녀는 천천히 실내를 둘러본다.

집착

그녀는 문득 자신의 삶을 반추하고 싶어졌다. 늦가을의 쓸쓸한 계절 탓이라고 해도 상관없었다. 문득 지나간 삶의 여정이, 일영 선배가 몹시도 그리워졌다. 어쩌면 딸은 핑계일지 모른다. 충동적인 행동은 스스로를 합리화시키기도 한다.

이제는 작년이 되었다.

그녀가 산장에 있던 선배를 보고 온 지 얼마 후였다. 일영 선배는 떨어진 꽃송이처럼 홀연히 산속에서 사라져버렸다. 이후 선배의 행방은 묘연했고 어디에도 나타나지 않았다. 그녀는 텅 빈 방에 멍하니 앉아 선배를 떠올린다. 그러자 커다랗게, 자동차 극장의 화면처럼 검은 어둠 속에서 선배의 얼굴이 나타난다.

일영 선배는 수집광이었다.

선배가 맨 처음 수집하기 시작한 것은 인형이었다. 목각 인형부터 퀼트 인형, 털실로 만든 인형이 집안에 즐비했다. 선배는 수집 품목을 자주 바꿨다. 그다음은 아기 옷을 수집하는가 싶더니 어느새 가발을 수집하고 있었다. 싫증나면 다른 품목으로 바꾼다고 했다. 선배의 집은 온갖 것들을 모아놓은 폐품 수집소 같았다. 선배 집에 가면 잡동사니를 피해 걷는 법을 새로 배워야 할 지경이었다. 그런 선배가 어느 때부터인가 숲으로 들어가겠다는 말을 아주 가끔씩 했다. 그 이야기를 할 때 선배는, 집을 못 찾아 헤매는 아이와 같이 불안한 표정을 하다가 엄마 품에 안기는 편안한 표정으로 점점 바뀌었다.

고여 있는 시간을 못 견디겠어. 그리고 항상 무언가를 갈구하는 욕망만이 자신을 지배하고 있다는 말을 선배는 버릇처럼 했다. 이해는 가도, 공감은 가도 귀에 쏙 박히지는 않았다. 그땐 그랬다. 오히려 선배가 죽고, 이해도, 공감도 되었다.

어느 날, 일영 선배 집에 놀러 갔을 때의 충격은 아주 컸다. 선배가 주로 그녀 집으로 왔기 때문에 그녀가 선배 집을 방문한 것은 무척 오랜만의 일이었다. 선배 방에 들어서는 순간 그녀는 아, 하고 비명을 질렀다. 방 벽에는 스티커 사진들이 빼곡하게 붙여져 있었다. 옷장 반대쪽 한 벽면이 온통

십 대 소녀처럼 초록이나 노란 가발을 쓰고 찍은 스티커 사진들이었다. 귀만 커다랗게 강조된 토끼 머리띠를 하고 찍은 것도 있었고, 손을 입가에 대고 부챗살처럼 활짝 펴서 애교를 부리며 찍은 것도 있었다. 온갖 포즈를 취하고 배실배실 웃고 있는 선배. 스티커 사진 속에서 가루분을 덮어쓴 듯 선배의 뽀얀 피부가 환상의 분위기를 연출하고 있었다. 눈 밑에 반달이 생긴, 이제 늙어가기 시작한 얼굴을 감추고 스티커 사진 속에서 선배는 지나치게 오버한 웃음기를 날리고 있었다.

찍은 순서대로 위에서 아래로 붙였다고 했다. 밑으로 내려갈수록 표정은 담담해지고 주눅 든 사람처럼 새침해져 있었다. 시간이 지날수록 꾸미지 않고 사실적으로 찍었다는 걸 알 수 있었다. 오래전부터 찍어서 모아두었다고 했다.

그녀는 선배에게, 애들이나 드나드는 그런 곳에, 더구나 혼자서 어떻게 들어갈 생각을 했냐고 물었다. 선배는 대답했다. 처음엔 수줍어 들어가기 어려웠지만 그것도 차츰 익숙해지니 재밌더라고 했다. 그리고 걷잡을 수 없이 중독되어갔다고 했다. 길을 가다가 스티커 사진기가 보이면 참을 수 없이 들어가고 싶었다고 했다.

선배는, 성장 과정 사진을 찍듯 자신의 변화하는 순간들을 모아두고 싶었다고 했다. 스티커 사진은 표정을 숨길 수 있고 또 숨길 수 없어서 좋다고 했다. 표정은 비슷하지만 사진 찍을 때마다 하는 생각은 다 다르다고 했다. 웃는 표정 뒤에 무엇이 감추어지기를 바랐던 것일까. 또는 무언가 감추고 드러나지 않기를 바랐던 것은 아니었을까. 그녀는 방 벽을 가득 채우고 있는, 더 이상 젊지 않은 선배와 언밸런스한 사진 속의 모습과 포즈를 보면서 뭐라고 형언할 수 없는 섬뜩하고 생경한 느낌을 받았다.

형상

산장의 밤은 적막하다.

출발하기 전에 편의점에 들러 치약과 칫솔, 일회용 커피와 라면 등을 주섬주섬 사서 가방에 집어넣었던 비닐봉투에서 캔맥주를 꺼낸다. 얼굴을 찡그리고 거푸 마신다. 맥주 맛은 밍밍하다. 한 캔을 더 딴다. 맥주 두 캔에 열기가 얼굴로 확확 몰려드는 게 느껴진다.

옷을 입었을 때가 더 섹시한 거 알아요?

케이의 모습이 나타났다 사라진다. 그녀는 양미간을 모으고 케이의 얼굴을 떠올리려 애쓴다. 밖에서는 바람 소리가 들리고 나뭇잎이 떨어져 굴러가는 사락대는 소리가 끊임없이 이어진다. 구체적인 형상을 떠올리려 집중하지만, 전체적인 실루엣만 떠오를 뿐 케이의 형상은 잡히지 않는다. 어떻게 생겼더라? 오랫동안 봐온 케이인데 형상이 안 잡히는 건 좀 심하다.

혼자 사는 거 힘들지 않나? 뭐 프리하긴 하겠지만…….

언뜻언뜻 농담조로 그녀의 사생활을 건드리던 케이였다. 산장까지 따라와 케이가 그녀를 지배하는 것은 술 탓이 아니다. 외로움 때문이다. 삶의 허기 때문이다. 케이의 형상에 집착하는 건 어쩌면 예견된 것인지 모른다고 그녀는 짧게 생각하고 곧 거둬들인다. 케이가 집요하게 대시하니 그런 거라고.

불을 끄고 잠을 청한다. 잠은 쉽게 들지 않는다. 바람 소리와 나뭇잎이 사락대는 소리는 여전하다. 일어나 불을 켠다. 핸드폰을 집어 들고 번호를 꾹꾹 누른다. 케이가 전화를 받는다.

와줄 수 있어요?

내일 아침 일찍 출발할게요.

케이의 목소리가 아득히 들려온다. 그 아득함 때문에 그 순간 케이가 몹시도 간절하게 보고 싶어져서 그녀는 견딜 수 없다. 이건 뭐지? 바란 건 이게 아닐지도 모르는데. 뭐가 맞고 뭐가 아닌 걸까. 그녀의 머릿속이 혼란스러워진다.

딸

대나무 잎처럼 날카로운 햇빛이 그녀의 이마를 찌른다. 콕콕 부리로 나무둥치를 쪼는 새소리도 들려온다. 그녀는 이불을 머리끝까지 끌어당기고 뒤척이며 몇 번 새소리를 음미한 다음 눈을 뜬다. 아침이다.

그녀는 입고 있는 재색 면 트레이닝복 차림 그대로 밖으로 나간다. 계곡을 따라 비탈길을 올라가자 앙증맞은 미니폭포가 나온다. 등산로라는 안내 표지판이 있고 나무에 붉은 리본이 여럿 매달려 있다. 그녀는 붉은 리본을 따라 산속으로 들어간다. 리본만 따라가면 길을 안 잃어버려. 일영 선배가 그녀에게 일러주던 말이었다.

너는 애가 있잖니. 애는 사는 낙을 주지.

그녀는 선배의 벙긋거리는 입매만 주시할 뿐, 아무 말도 할 수 없었다. 선배 앞에서 아이 얘기는 곧 자랑 같은 것이 되고 말았다.

애를 버리면 안 돼.

아이 키우기가 힘들다는 속내를 내비친 적은 없었다. 반면 내겐 딸밖에 없어, 라는 말도 하지 않았다.

늦가을의 숲에서는 마른풀 냄새가 난다. 얼마만큼 올라왔는지 뒷덜미에 땀이 흥건하다. 등의 옷도 척척하게 젖어들었다. 그녀는 시간을 보기 위해 휴대폰을 연다. 휴대폰 화면은 통화권 이탈을 알렸다. 안테나선이 한 개도 없이 사라졌다. 한 시간 정도를 올라왔다고 가늠할 따름이다.

이상하다. 찾을 수 없다. 분명히 눈에 익은 길이라고 생각하며 올라왔다. 선배와 앉았던 자리를 찾을 수 있을 줄 알았다. 선배가 뛰어내렸을 바위라고 추측한 곳이다. 넓고 편평한 바위가 있고 깎아지른 듯한 절벽이 있었다. 붉은 열매가 매달려 있는 나무도 있었다. 절벽은커녕 나뭇가지에 매달린 리본도 안 보인다. 그녀는 한숨을 내쉬고 그 자리에 선다. 지나치는 등산객도 없어서 길을 물어볼 수도 없다. 작년에 일영 선배를 따라 올라왔을 때, 넓고 편평한 바위에 앉아 농담처럼 선배는 말했다.

나 없어지면 여기로 찾으러 와.

그다음 날 선배를 혼자 남겨두고 그녀는 산장을 떠나왔다. 그리고 겨울로 접어들 무렵 선배가 사라졌다. 선배의 죽음은 후에 알았다. 나뭇잎이 다 떨어져 산이 훤해졌을 때 등산객이 발견한 훼손되기 시작한 시신이 선배였음이 밝혀진 건 한 달이 지나서였다. 그렇게 선배는 물방울처럼 사라져버렸다. 나 없어지면 여기로 찾으러 와. 일영 선배의 말이 어지럽게 울린다.

되돌아서 산장이 보이는 곳까지 거의 다 내려온다. 휴대폰이 울린다. 그녀는 휴대폰 뚜껑을 열고 전화를 받는다. 딸이다.

엄마, 빨리 집에 와.

말을 끝맺기도 전에 엉엉 우는 소리가 들려온다.

학교는 안 갔어? 왜 그래?

피가 많이 나.

딸의 울음소리는 더 높아진다.

뭐라고? 도대체 왜 그러니?

피가 많이 나. 손을 벴어.

목소리에서 파들파들 떠는 진동이 느껴진다.

자세히 말해 봐.

그녀는 허둥거리고 있는 자신을 느낀다.

울지 마. 지금 갈게. 우선 진정하고 손수건을 동여매.

그 순간, 케이가 올 거란 생각은 들지 않는다. 케이 따윈 까마득히 잊어버린다. 피가 난다는데, 떨고 있을 텐데. 빨리 가야 한다. 빨리 가서 딸을 보듬어 안아야 한다. 상처가 어느 정도인지 눈으로 확인해야 한다. 서로에게 하나뿐인 존재인데…….

그녀는 산장 안으로 들어가서 급하게 짐을 꾸리기 시작한다. 가방에 쑤셔 박듯 담는다. 집을 떠나온 지 만 하루도 안 됐다. 꾸린 가방을 들고 나오자 햇살이 그녀의 몸을 눈부시게 비춘다.

송정에서

송정은 기억 뒤편에 있는, 쓸쓸할 때 찾아오는 바다다.
꼼장어에 소주 한잔이 있고 최백호의 '낭만에 대하여'가 어울리는 곳이다.
'님은 먼 곳에'를 들을 때마다 그 부분에서는 항상 몸도 주고가 맞는데,
꿈은 안 맞지, 꿈을 왜 줘. 고개를 흔들며 내 나름 몸도 주고로 들었다.

나는 누군가에게 사진을 찍혔다. 줄무늬 나시에 같은 천의 팬티를 입은 아이는 촌아이처럼 야생적이며 그을린 피부다. 짧은 머리에 핀을 꽂은 아이는 눈에 띄지 않게 생겼다. 사진 한 컷에 아이의 전체가 보인다. 무감각한 패션과 무관심한 스타일, 평범한 사고방식과 알뜰한 소비의 삶을 사는 부유하지 않은 부모를 가진 한 아이…….

나는 송정에서 태어났다.

기억은 없다. 단지 내가 태어난 곳이 부산의 변두리 송정이다. 송정의 바닷가……. 그 어렴풋하고 멀고 희미한 낮달처럼 기억에 없지만 내 다이어리 날개에는 바랜 사진 한 장이 끼워져 있다. 줄무늬 나시 한 벌을 입고 모래사장에 쪼그리고 앉아 햇빛에 눈이 부신 듯 온 얼굴을 찡그린 내 뒤로 바다가 보인다. 송정은 기억 뒤편에 있는, 쓸쓸할 때 찾아오는 바다다. 꼼장어에 소주 한잔이 있고 최백호의 '낭만에 대하여'가 어울리는 곳이다. 여고생 때 처음 사귄 남자애와 송정역에서 동해남부선 기차를 타고 대변을 지나 일광을 지나 좌천 월내를 지나 서생까지 갔다가 돌아왔다. 우리는 그냥 갔다가 왔을 뿐인데 무척 가까워져 있었고 사랑이라 할 수 있는 감정이 조금 생겨났다. 내가 생애 처음으로 한 사랑처럼 송정은 내게 아련한 바다다.

제법 걸을 줄 알고 말귀를 알아듣기 시작한 세 살 무렵 나는 송정을 떠났다. 거대도시 끝에 깻잎 한 장처럼 조그마한 자투리땅에 붙어서 그래도 나름 낭만적인 촌이었던 송정은 그때만 해도 원주민이 살고 외지인이 드문드문 오는 순진하고 부끄럼 많은 바닷가였다. 나는 부모님을 따라 송정과는 다른 분위기인 부산의 또 다른 변두리 동네 '사상'으로 이사 갔다. 사상은 공장지대였다. 나는 세 살이었지만 알고 있었다. 송정에서 28킬로미터밖에 떨어져 있지 않지만 그곳엔 전혀 다른 공기와 전혀 다른 하늘과 전혀 다른 낮과 밤과 전혀 다른 이웃이 있다는 걸.

사상은 고무공장과 신발공장과 플라스틱공장과 주물과 철강공장과 자동차부품공장과 온갖 쇠붙이에 관한 공장들의 집합소였다. 이런저런 끝도 없는 공장들만 뒤엉켜 있는 부산직할시 부산진구 감전동에 하늘 위의 집이듯 늘 회색인 허공에서 허우적거리며 공장 옆 빈한한 주택들이 모여 있는 골목 끝, 막다른 녹슨 푸른 철대문집의 안채를 돌아가면 나오는 마지막 방에 세 들어 살게 되었다.

검은 구정물이 흐르는 하천을 따라 주택지가 형성된 곳에 벽돌집들이 다닥다닥 붙어 있고 많고 많은 전봇대에는 언제나 많고 많은 종이짝들이 붙어서 나달거렸다. 부엌 딸린 방, 부엌 없는 방, 독채전세, 맨 끝 방, 다락 있는 방, 겹치고 겹친 띠들은 비가 오면 노파의 눈물 끝에 보이는 진물같이 엉켜서 안 그래도 빈한한 동네를 적나라하게 드러냈다. 좁은 골목을 마주 보며 양쪽으로 붙은 집이 스무 집 정도 되는 기나긴 골목 끝에 우리 집 아니 우리 방이 있었다.

엄마는 옥상에서 빨래를 걷어 오면서 허공에 대고 늘 욕을 했다. 엄마의 욕은 지정된 상대가 없는 무수히 많은 공장에 대고 하는 욕이었다. 아빠도 엄마도 공장에서 벌어먹고 살면서 흰 빨래가 거뭇하다고 욕을 하는 것이다. 빨래에는 손바닥으로 비빈 김가루처럼 검은 먼지가 내려앉아 엄마는 일일이 부엌문 앞에서 먼지를 털어야 했다. 엄마를 따라 옥상에 올라가면 수많은 굴뚝에서 나오는 검고 탁한 연기가 마술같이, 때로는 동화책 속 공주의 긴 머리칼처럼 꼬불꼬불

흩날려 갔다. 가끔은 비행기가 지나가는 걸 볼 때도 있었다. 내가 더 커서 여중생이 되고 여고생이 되었을 때 아주아주 소중한 내 하복 상의는 옥상에 널지 않고 선풍기에 대고 말렸다.

골목에는 집 가진 자와 세든 자의 전기세, 수도세를 두고 티격거리는 소리와 재고조사 해놓은 연탄의 숫자가 틀리다든가, 아이들 싸움이 어른 싸움 되는 온갖 구질구질한 마찰이 하루 걸러 일어났다. 심지어 세든 여자가 백화점의 브랜드 옷을 입으면 집주인 여자들이 한데 모여 흉을 보는 것을 나는 간간이 봐야 했다. 우리 주인집 마루에서 주인아줌마들로만 이뤄지는 오전의 티타임이 매번 열렸기 때문이다.

일요일 아침이면 데이트하러 간다고 공돌이와 공순이들이 막 감은 머리를 털며 한껏 멋을 내고 일 년 365일 열려 있는 녹슨 대문을 뒷발로 쾅 차고 내빼는 것을 볼 수 있었다.

한집에 적게는 두세 가구, 많게는 대여섯 가구의 세입자들은 공장 다니는 자취생들이 대부분이었다. 일요일 아침에는 화장실 앞에 줄을 서는 것부터 옥상 빨랫줄을 차지하려고 늦잠도 못 자고 부지런을 떨며 일어나 빨래를 널어놓고 머리 감고 외출하는 풍경이 매번 반복되었다.

두 달에 한 번씩은 주기적으로 똥차가 왔다. 똥차 아저씨들은 아이 몸통만 한, 울퉁불퉁한 홈이 굵은 호스를 골목에

널브러트려 놓고 똥을 빨아들였다. 청색 호스에 주름이 꿈틀대면서 똥이 빨려들어 가면 나는 호스를 뛰어넘어 집으로 들어갔다. 내가 꼭 학교에서 돌아올 때면 똥차가 갓길에 세워져 있고 집집마다 똥을 펐다. 어떤 집은 똥이 아직 안 찼다며 푸지 않는 집도 있었다. 주인에 따라 달랐다. 똥차 아저씨가 "아지매 오늘 똥 안 풀기요?" 하면 어떤 집 주인은 "아직 안 차서 다음에 풀라요." 하면 "다음에 오면 넘칠 낀데……. 두 달 안에는 안 오요." 하면서 아쉬운 듯 똥차 아저씨는 호스를 걷었다. 내가 코를 막고 방에 뛰어 들어가면 엄마는 밥상에 상보를 덮어놓고 일하러 나가고 없었다. 엄마는 아빠가 다니는 고무공장에서 신발 밑창에 본드 붙이는 일을 오래 했는데, 그때는 퇴사를 하고 엄마 사촌언니 식당에서 일을 거들고 있었다. 본드 붙이는 일도 회사에서는 아가씨들을 원했고, 시골에서 올라오는 아가씨들은 넘치고 넘쳐서 아줌마가 되고 애를 낳으면 퇴사해야 했다. 애가 있으면 애 핑계를 대고 잔업에 빠지기 때문이었다. 엄마는 어찌어찌 붙어 있다가 더는 눈치가 보여 버틸 수 없어서 그만두었다.

부모님은 두 분 다 국제고무에 다녔다.

아빠는 이름 없고 가난한 시인이었다. 시인 앞에는 가난이라는 수식어가 붙어야 어울리는 것처럼 등단도 못 한 자칭 시인이었다. 나는 아빠가 쓴 시를 한 번도 읽은 적이 없지만, 아빠의 절친이었던 엄마는 아빠가 옛날에는 '그래도 시인'이었다고 했다. 엄마 역시 아빠와 절친 시절 시를 끄적거리며 빈 종이만 보면 낙서를 하던 문학소녀였다. 아빠와 엄마의 절친들은 대개가 시인이거나 비슷한 언저리를 기웃거리는 부류들이었다. 그들의 공통점은 '자칭'과 '가난'이었다. 야간 고등학교 시절 문학을 한다고 뭉쳐 다니다가 아빠와 엄마는 눈이 맞았다. 부류 중에 재만이 아저씨와 아빠가 삼각관계로 엄마를 사이에 두고 꽤 치열한 경쟁을 벌였다고 한다. 훗날 재만이 아저씨가 큰 건설회사 사장님이 되자 엄마는 아련한 눈빛으로 그 말을 했다. 나는 재만이 아저씨를 몇 번 본 적이 있는데 작은 체구에 실속 있게 생겼다. 우리 아빠가 키만 멀대같이 커서 심심해 보이는 인상이라면 재만이 아저씨는 대추 씨처럼 작고 야무지게 생겼다. 내가 커서 읽었던 박경리의 『토지』에 대추 씨 같은 서의돈이 나오는데 나는 서의돈이 재만이 아저씨와 무척 닮았다고 생각했다.

엄마는 두 남자 사이에서 은근히 썸을 타다가 아빠를 선택했다. 아빠가 고무공장의 생산라인에서 원단입고와 재고조사와 근로자들의 출퇴근 등 현황체크를 하고, 사이사이 완제품을 박스로 포장하는 라인을 왔다 갔다 하며 근근이 한 달 벌어 한 달 먹는 일생을 보내는 동안 재만이 아저씨는 초반의 노가다 생활을 접고 운때가 잘 맞아 어느 시점에 건설회사 사장이 되었다. 그때 막 붐이 일어난 건설경기를 잘 탔다고 부모님이 하는 얘기를 들었다. 부모님이 매일 잔업을 한다고 허리가 휠 때 재만이 아저씨는 커가는 회사를 일구느라 그때쯤에는 우리 집에 발길을 끊었다.

*

나의 태생지 송정을 다시 찾은 건 스무 살 무렵이다.

a가 다 저녁때 전보처럼 찾아왔다.

우리 집은 그 무렵에는 원래 살던 집 옆 골목에서 방 한 칸에 부엌 딸린 두 세대에 세를 주고 안채에 살고 있었다. 그래봐야 방 두 칸에 재래식 부엌에 싱크대를 들여놓는 입식 부엌으로 개조했고 소파 대신 온갖 잡동사니를 늘어놓은 거실, 아니 마루가 있었다. 우리 집은 골목 중간에 있었는데 벽돌로 벽을 마감한 겉만 벽돌집으로 여름에는 선풍기 없이는 살 수 없는 단층 슬라브였다. 세입자가 들고 나는 좁은 앞마당에는 콘크리트를 쳐서 발길에 차이는 흔하디흔한 고무나무와 마삭줄을 심은 플라스틱 화분이 몇 개 놓여 있었다. 엄마는 보잘것없는 화초를 사치품이라도 되는 듯 소중히 키우고 여름에는 빈 화분에 상추를 심어서 상추잎을 따 먹었다. 상추잎에는 김가루 같은 먼지가 붙어 있겠지만 눈에 안 보이니 수돗물에 헹궈서 잘도 먹었다. 재래식 부엌일 때는 부엌 바닥에서 목욕을 했지만 연탄창고를 개조해 욕실로 만들어서 우리 집은 욕실이 있었고 수세식 변기도 있었다. 여전히 똥차가 와서 대문에 붙은 변소에서 똥을 퍼 갔다. 변소는 세 든 사람 전용이 되었다. 엄마는 계를 부어 목돈을 만들고 두 방 전세를 받아 합친 돈에 집을 저당 잡혀 은행 융자를 내서 근근이 집을 샀다.

사상은 삶의 곡절과 질곡과 안간힘이 배인 동네였다. 몇 블록마다 하나씩 구획되어 있는 하천은 검은 구정물이 흐르지도 않고 멈춰 있고, 골목은 궁벽했다. 쥐새끼들은 고양이한테 물리지 않기 위해 잽싸게 수챗구멍으로 달아났다. 나는 자랄수록 사상이 싫어졌다. 공장지대인 여러 동네를 뭉뚱그려 사상이라고 부르는 곳에서 이사 가자고 졸랐지만 부모님은 아무리 사상 같은 허접한 동네라도 어디 내 집 가지기가 쉽냐고 그만 호강에 겨운 소린 하지 말라고 나를 야단쳤다. 부산에서 제집 가지고 살기가 얼마나 어려운데 그런 소리 하냐고 퉁을 줬다. 아빠는 '집 가진 자'를 누린 지 2년 후에 돌아가셨다. 친척들 말마따나 아빠는 운도 되게 없는 사람이었다. 셋방살이를 면하고 겨우겨우 집을 사서 세입자를 들이고 집주인 소리를 듣게 된 지 2년 만에 돌아가신 것이다.

사상에 이사 오고 우리가족은 골목 맨 끝집에 세 들어 살다 다른 셋방을 몇 번 전전하고 하천 옆 골목의 가운데쯤에 있는 집을 샀다. 집을 사니 완전히 사상 사람이 되었다. 살던 곳을 벗어나는 건 쉽지 않았다. 우리는 삶의 어떤 신빙성에 기대어 꾸러미에 담기듯 살아간다. 이동하는 것을 두려워하는 동물처럼 그 동네를 벗어나지 못하는 건 어떤 방향성의 상실 때문이기도 할 것이다.

나는 한 해 재수를 하고 이름만 대학인, 부산사람도 잘 모르는 대학교에 들어갔다.

a는 우리 집에 자주 왔지만 해 떨어지고 나서 온 건 처음이었다. a는 늘 오전이거나 점심 후거나 아니면 함께 남포동에서 별짓 다 하며 나하고 놀다가 나하고 헤어지기 싫어 막차를 타고 우리 집에 와서 가끔 자고 가는 단짝이었다.

나는 놀라 물었다.

"웬일이야? 이 시간에?"

a를 보는 내 눈이 동그래졌다. a의 얼굴은 흙빛이었다. 나는 사람 얼굴이 흙빛인 걸 처음 봤다. 보자마자 바로 흙빛이라는 단어가 떠올랐다. 우울이 좍 깔린 분위기에 다크서클이 콧잔등까지 내려오고 전봇대처럼 침울하기 그지없는 a가

서 있었다. a는 엄마가 계시는지 묻지도 않고 내 방으로 나를 끌어당겼다. 엄마는 잔업이 있어 그 주에는 늘 열 시가 다 되어서 들어왔다. 세월이 흘러 아가씨들이 공장에 다니는 걸 꺼렸다. 아가씨들이 서면이나 남포동 같은 시내로 나갔기 때문에 공장에서는 다시 경력자 아줌마를 고용했고, 엄마는 재입사했다. 나는 a와 내 방에 마주 앉았다. 동생은 입시를 앞두고 있어 열두 시가 되어서야 왔다. 내 방이라고 해야 고작 마루에서 미닫이문으로 연결된 작은 방이었다.

a는 마주 앉은 내 무릎에 몸을 꺾더니 갑자기 울기 시작했다. 나는 본능적으로 a의 울음이 오래가겠구나 예상했다. 곧 죽음이 닥치는 걸 안다고 해도, 가족 중 한 명이 죽었다고 해도, 3차 세계대전이 일어났다고 해도, 이렇게까지 깊고 깊게 울 수는 없었다. 절박하고 고통에 찬 서럽디서러운 울음이었다.

a는 그때 한참 열애 중이어서 나는 직감적으로 애인 문제라고 생각했다. 스무 살이 막 넘은 여자애가 서럽디서럽게 우는 건 부모의 초상 빼고는 딱 한 가지 이유뿐일 것이므로. a가 계속 울어서 나는 부엌으로 나갔다. a에게 시간을 줘야 할 것 같았다. 물을 끓이고 녹차 티백을 집어넣고 한참을 살랑살랑 저었다. 시간이 느리게 갔다. 나는 할 일 없이 차가 식기를 기다렸다가 잔을 들고 방으로 들어갔다.

a는 두 무릎을 세우고 얼굴을 묻고 격정의 마지막 울음 끝을 삼키다가 나를 보고 고개를 들었다. a의 어깨는 들썩이며 길게 운 끝을 잔영처럼 남기고 있었다. 헝클어진 머리카락이 얼굴을 덮고 눈물이 번진 스무 살의 앳된 얼굴에는 어떤 아름다움이 서려 있었다. a에게 다가가 어깨를 안아주고 얼굴을 살폈다. a의 표정에서 격렬한 감정이 지나가고 많이 울고 난 끝의 차분함이 읽혔다.

나는 이불을 깔고 a를 눕게 했다. 나도 a 옆에 누웠다. 그날 밤 우리는 한잠도 안 자며 나는 a의 과거와 현재의 상태를 낱낱이 들었다. 익히 알고 있는, 간혹은 a가 나에게 비밀로 한 부분도 있는 a의 이야기는 대충 이러하다.

a는 실연당했다. 여섯 살 연상의 다른 대학 복학생인 애인은 a와 만나기 시작한 지 몇 달이 지나자 자주 a를 바람맞혔다. 복학생은 늘 궁색한 변명을 늘어놓고 학교의 총회장인 자신이 너무 바쁘다며 핑계를 댔다. 그는 대기업의 영업 상무라도 되는 듯 서류뭉치가 든 가방을 끼고 공중전화만 보이면 전화를 걸었다. 다방에 가면 그의 이름이 불리고 그는 다방 마담이 건네주는 전화기를 건네받고 오래 통화했다. a가 아무리 애인을 믿고 사랑한다고 해도 공과 사를 분간 못할 만큼 바보는 아니었다. 양다리라는 의심이 들었다. 의심은 확신으로 굳어졌다. a는 애인을 너무 사랑했으므로 의심

에 대해서 캐묻지 못했다. 캐물으면 화를 내고 a를 버릴 것 같아서였다. 오랜 고민 끝에 a는 양다리에 대해 따지리라 과감히 마음먹고 애인을 만났다. 애인 앞에 앉은 a는 망설이고 망설이다 오래 참은 물음을 던졌다. '너 양다리 걸치는 것 아냐?' 하고 묻지 못하고 "나 말고 또 누구 없어?" 하고 물었다. 앙칼지게 쏘아붙였지만 양다리란 표현은 차마 못 했다. 양다리란 말을 함으로써 자신이 비참의 벼랑 끝에 내몰릴 것이기에.

a는 시작한 김에 애인을 집중 추궁했다. 부인하던 애인의 입에서 마침내 예상했지만, 마지막까지 듣지 않게 되기를 바랐던 대답이 새어나왔다. "그래. 다 말할게. 사랑하는 사람이 있어." '뭐? 사랑하는? 그럼 난 뭐야, 나는 사랑 안 했다는 거네?' 하고 싶은 말은 속에서 나오다 말았다. 애인은 미안하다는 말도 하지 않았다. 정님인가 정란인가 정자로 시작되는 여자를 사랑하고 있다는 말만 강조했다. '사랑'이라는 단어가 귀에 통째로 박혀 윙윙거렸다. 사랑 자를 몇 번이고 입에 올린 애인의 입을 주먹으로 날려주지 못한 것이 한스러웠다. a는 너무 흥분해서 '내가 먼저야? 정 뭣인가 하는 그 여자가 먼저야?' 하는 말은 묻지 못했다. 감정이 격해 빠뜨렸던 것이다. a는 사랑의 변절자 앞에서 할 수 있는, 할수록 자신만 비참해지는 온갖 비루한 말들을 내뱉고 다방을 뛰쳐나왔다 했

다. 나오다 생각하니 드라마에서처럼 남은 커피를 얼굴에 끼얹지 못한 것이 후회스러웠다. 그길로 광복동과 남포동과 창선동과 신창동을 거쳐 깡통골목까지 시내라고 싸잡은 동네를 깡그리 배회하다 집에 들어가기는 죽기보다 싫어 나를 찾아왔던 것이다.

나는 어둠 속에서 a의 얼굴을 살피다가 못 참고 묻고 말았다.

"혹시……. 너 그 새끼하고 잤나?"

a는 갑자기 흐윽 하고 흐느껴 울었다. 내 가슴을 두 손으로 마구마구 때리더니 "안 잤으면 내가 이리 울고 그러겠나." 하며 코맹맹이 소리를 냈다.

나는 "미쳤나……." 했다.

a는 등을 확 돌리더니 이불을 머리끝까지 뒤집어썼다.

다음 날 늦게까지 꾸물거리다 대강 아침 겸 점심을 먹고 a를 이끌고 송정으로 갔다. 불현듯, 정말 불현듯 송정이 떠올랐던 것이다. 새삼스러웠다.

송정은 그런 장소였다. 실연당하고 찾아오는 곳. 좋을 때는 잊고 있다가 불행할 때 찾게 되는 그런 바닷가였다. 숨겨놓은 두 번째 애인 같은 곳, 절친 다음가는 친구 같은 곳, 다이어리에 꼬불쳐 놓은 비상금 같은 곳, 송정에 가면 아는 사람 만날 일 없으니 비밀 데이트 때, 갈 곳 없으면 가게 되는 곳. 그만큼 한적하고 조용한 바다였다.

모래밭에 퍼질러 멍하니 바다 끝에 눈을 주고 추운 줄도, 지겨운 줄도 모르고 앉아 있었다. 우리는 서로 아무 말도 안 했다. 말은 필요 없었다. 어젯밤 a는 너무나 많은 말을 쏟아 내 버려 더는 남아 있지도 않았을 거였다. 입에 지퍼를 채운 듯 오랜 시간 앉아 있기만 해도 시간은 흘러갔다. 나는 가만히 있어주는 게 친구의 도리라고 생각하고 a의 친구답게 a 곁에 잠자코 있었다. 실연의 주인공이 내가 아닌데도 바다만 바라보고 있는데도 전혀 지루하지 않았다. a도 나도 속으로 무지 많은 말을 하고 있을 거였다.

그렇게 오래 앉아 있자니 나는 문득 엉뚱한 생각이 들었다. 이다음에 나도 실연당하면 송정에 와야지, 나는 이런 생각을 하는 나 자신이 어이가 없어 미친년, 했다. a가 "뭐?" 하고 나에게 고개를 돌렸다. 속으로 한다는 게 나도 모르게 튀어나온 것이다. 나의 바보짓에 나도 당황했다. 나는 늘 상상력과잉이 문제였다. 이럴 땐 차라리 떨떨한 게 낫다. 나는 "아니, 아니야." 하고 과장되게 고개를 저으며 바보처럼 웃었다. 나중에 생각해보니 실연이란 단어가 달달했기 때문이었다.

"우리 그만 가자."

a는 말한 김에 연달아 한다는 듯 비장한 소리로 말했다.

a의 목소리가 왠지 꿋꿋하게 들렸다. 우리는 모래를 털고 일어났다. 일어나자 오래 앉아 있다 일어날 때 꼭 그러는 것처럼 허공에 발을 들린 듯 순간적으로 머리가 핑 돌았다. a도 비틀거렸다.

우리는 긴 모래사장을 걸어 나와 신발을 벗어 모래를 털고 송정시내로 들어갔다. 초겨울의 짧은 해가 넘어가고 있었다. 버스를 타기 전에 식당부터 찾아야 했다.

시내랄 것도 없는 작디작은 마을은 을씨년스럽고 고단해 뵈고 적막하고 누추하고 왜소한 체구의 늙은 여자처럼 빈한했다. 송정이라는 글자가 붙은 식당으로 들어가 순두부를 시켰다. 조갯살 하나 안 들어가고 MSG를 많이 치고 고춧가루만 벌건 맹탕 순두부찌개는 맛있었다. 서너 가지 나오는 반찬을 싹쓸이하고 깍두기는 리필까지 했다. a도 밥을 다 먹었다. 밥을 먹고 옆에 나란히 붙은 다방에 들어갔다. 이름은 순정다방이었다. 우리가 앉자 김추자의 '님은 먼곳에' 첫 부분이 막 시작되고 있었다. 마음 주고 눈물 주고 꿈도 주고 멀어져 갔네……. '꿈도 주고' 부분이 '몸도 주고'로 들렸다. 나는 '님은 먼곳에'를 들을 때마다 그 부분에서는 항상 몸도 주고가 맞는데, 꿈은 안 맞지. 꿈을 왜 줘. 고개를 흔들며 내 나름 몸도 주고로 들었다.

김추자 노래가 끝나자 다방 레지가 판을 가는 모습이 보였다. 앳되고 호리호리하고 세련된 레지는 딱 붙는 청바지에 넓은 머리띠를 하고 짤랑거리는 커다란 링 귀걸이를 단 채 모리스 앨버트의 '필링'을 틀었다. '필링'이 끝난 후에는 돈 맥클린의 '빈센트'가, 존 레논의 '이매진'이, 스모키의 '리빙 넥스트 도어 투 앨리스'가, 산울림의 '아니 벌써'가 연이어 흘러나왔다. 노래까지도 달달한 것들뿐이었다. 레지는 노래 바꾸는 재미에 빠진 것 같았다. 우리는 말 없이 음악을 들으며 100번 막차 시간까지 앉아 있었다. 레지는 장난치듯 이 노래, 저 노래로 계속 바꿨다. 둘이 함께였지만 그날은 하루 종일 입을 '으' 자로 닫아걸고 속으로 많은 말을 한, 내 생애 몇 안 되는 날 중 하루였다. 다시 '님은 먼곳에'가 리플레이되었을 때 우리는 순정다방을 나왔다.

a는 실연당한 남자를 겨우겨우 잊고 다른 놈을 두 놈이나 만났다. 그러나 연애에 실패해도 더는 나를 찾아오지 않았다. a가 나를 찾아와 송정에 갔다 오고 일 년쯤 후, 또 다른 친구, 이번에는 여고 때 단짝이었던 b가 찾아왔다. b도 다 저녁때 왔다. b는 서울의 여자대학에 다니는데 방학 때 집에 내려오면 우리는 숙제처럼 만나곤 했다. b 역시 a처럼 애인에게 버림받고 미칠 듯한 나날을 보내다가 간간이 만나는,

그녀의 현재 상태를 알 리 없는 고향친구인 나를 찾아온 것이다. b도 a와 비슷한 연유였다. 다만 b가 다른 점은 양다리가 아닌 홑다리라는 것이다. 애인이 고시공부에 전념한다고, b가 거치적거린다고 결별을 선언했다는 것이다.

b는 내 방에서 잤다. 고3이 된 여동생은 a 때와 마찬가지로 엄마 방으로 자러 가야 했다.

b도 오래오래 울었고 나는 b의 어깨를 안아주었다. 뜨거운 물을 끓여 녹차 티백을 넣은 차를 그녀가 다 울기를 기다리는 동안 살랑살랑 흔들어 가져다주었다. 이불을 깔고 같이 자면서 b의 실연 얘기를 들었다. a 때는 초겨울이었고 b 때는 늦겨울이었다. 나는 a 때와 마찬가지로 한잠도 안 자고 b의 얘기를 들어주고 아점을 먹고 나서 b를 데리고 송정에 갔다. 너 혹시 그 새끼하고 잤나? 하고는 묻지 않았다. 사랑이 잤는가 안 잤는가로 구분되지 않다는 걸 알 만큼은 성숙해졌기 때문이다. 내가 "잤나?"라고 묻지 않은 것은 한마디로 지성의 힘이었다. 나는 일 년 동안 밤낮없이 책을 읽었는데 책 영향으로 의식이 변화한 것이었다. 그 당시의 일 년은 연달아 많은 것을 깨우쳐 머릿속 생각을 수정해가고, 지식이 휙휙 쌓이며 저장되는, 소위 지식과 교양이 급물살을 타고 빠르게 머리에 흡수되는 시기였다. 그 당시 우리 또래는 전 세대보다 빠른 속도로 여성 의식이 진화하였다. 어느 때보다

빠르게 사회적 인식이 향상되며 '신사숙녀 여러분'이 '숙녀신사 여러분'이라는 표현으로 바뀌고 여성 상위시대니 레이디 퍼스트니 하며 여성의 위치나 지위가 발돋움할 때였다.

이때는 나도 막 연애를 시작해서 모든 사물을 내 애인과 연관 지어 생각하고 애인의 마음 상태를 예측해보는 연애 초창기였다.

나는 b에게 잤나, 하고 묻는 대신 그렇게 괴로우면 이제 막 헤어져 전 애인이 되어버린 고시생에게 찾아가 애원하며 고시공부에 방해가 안 되게 조용히 기다릴 것이라고 말하라고 했다. b는 고시생 성격이 칼 같아서 한 번 선언하면 하는 성격이라 안 된다고 했다. 그 집 형제들도 다 칼이라고 했다. 다음 날 b와 나는 송정 바닷가에 퍼질러 앉아서 추운 줄도 모르고 그놈은 영원히 고시에 떨어질 거야, 하고 합창을 하며 악담을 퍼부었다. 그리고 나는 b의 어깨를 껴안고, "모든 일에는 처음이 있는 법이지 않나. 첫사랑은 실패한다고……. 이겨내야 한데이." 어쩌고 했다. 나는 a에게는 하지 못했던, 상투적인 위로의 말을 안 할 수가 없었다. 틀에 박힌 말이지만 그렇게라도 해야 할 것 같았다.

송정에서 100번 버스를 타고 나와 동래에서 헤어질 때 b의 얼굴은 다시 구겨진 에이포용지처럼 우울해져 있었다. 나는 b를 보냈다. b는 버스 안에서 나를 향해 조용히 손을 흔들었다. b는 대학 4학년 졸업과 동시에 미칠 듯한 연애를 하던 남자에게 시집을 가서 연년생으로 애를 낳았다.

*

실연을 당한 나는 백사장에 앉아 있다. 1월이고 추워서 내 목에는 두꺼운 머플러가 감겨 있다. 날은 짱짱하니 좋아서 햇빛이 반짝거려 바다는 윤슬이 빛났다. 바다는 평온하고 맑고 십 대 소년소녀처럼 생동감 있다. 이제 송정은 예전처럼 한적하지도 촌스럽지도 쓸쓸하지도 않았다. 새 건물이 들어서고 식당도 많아졌다. 변한 송정을 보니 안타까웠지만 하긴 이 정도는 변해줘야 시대에 따라가는 거지, 생각했다. 프랜차이즈 카페가 생기고 옛 기억도 사라질 만큼 호사스럽게 변해가고 있다. 송정이라고 언제까지나 변하지 말란 법도 없다. 그러나 아직은 조금쯤 한적하고 여백이 있는 송정은 옛 기억만큼이나 아름다웠다. 실연을 당하고 찾아올 만한 바닷가였다. 나는 실연의 고통 속에서도 아름답군, 하는 느낌이 들었다. 스스로 나이가 들었다고 생각했는데 그래봤자 아직 서른 살도 되기 전이었다.

춥지만 약간 포근한 날이어서 남자 두 사람이 윈드서핑을 하고 있다. 나는 텅 빈 시선으로 윈드서핑을 하는 남자와 윤슬을 바라보며 망연히 앉아 있다. 모래사장에 갈매기가 날아와서 무리 지어 앉았다가 날아갔다. 물이 씻긴 자리에 새 발자국이 또록또록 앙증맞게 찍혀 있다. 조금 쓸쓸함을 즐겼던 것 같다.

저 해변 끝에서 한 사람이 걸어오고 있다. 남자다. 남자는 점점 가까이 다가온다. 남자는 갈색 바바리코트에 체크 머플러를 두르고 있다. 남자는 나를 향해 다가오는 게 분명해 보인다. 나는 가슴이 두근거리기 시작한다. 이제 막 실연을 당했는데 뭔가를 기다리는 것인가. 나는 남자가 나에게 오는 것이라는 확신이 들었다. 마침내 남자가 내 앞에 섰다. 나는 남자를 올려다보았다. 나는 쿵 가슴이 무너진다. 남자는 나를 지나쳐 걷는다. 나는 지나치는 남자를 재빨리 훑어봤다. 남자의 얼굴은 흙빛이다. 실연당한 사람의 고통스러운 눈빛이라고 믿어버린다. 오만일까. 남자는 나를 지나쳐 백사장 저쪽으로 걸어갔다. 남자의 뒷모습이 점점 작아진다.

노을은 선홍빛으로 뚝 떨어지고 고개를 든 사이 발간 하늘이 되었다. 밀물 때인지 조용한 가운데 물 들어오는 소리가 차락차락 새삼 의식되었다. 나는 하염없이 앉아 있다. 한 아저씨가 허락도 없이 내 옆에 와서 앉았다. 아저씨 옆에는 북청 물장수가 매던 대나무로 만든 물지게가 놓여 있다. 아저씨는 대뜸 아는 사람, 인생 선배라도 되는 양 말하기 시작했다.

"아가씨, 실연당했나?"

나는 가만히 있었다.

"나도 실연당하고 여기 왔었데이."

아저씨는 내가 듣든지 말든지 혼자 말했다.

"나도 실은……. 아가씨처럼 실연당하고 여기 와서 멍청히 앉아 있었드랬제, 며칠을……. 하루는 어떤 여자가 와서 나를 데리고 갔어, 지금의 내 아내제. 함께 꼼장어 집을 한다이가. 장모님이 하다 돌아가시고 아내가 물려받았어. 내가 아내를 만났을 때는 장모님이 아프셔서 내가 거들어야 했거든. 저녁에는 술손님이 몰려와. 이제 가봐야 해. 아내를 도와야 한데이. '동해집'이라고 저기 골목을 돌아가면 바로 나오제. 언제라도 와."

아저씨는 일어나서 물지게를 맸다.

나는 아무 말도 안 하고 아저씨의 뒷모습을 바라봤다. 물지게를 맨 아저씨가 가고 있었다. 이제 보니 그건 물지게가 아니라 망개떡이 담긴 바구니였다.

나는 아저씨, 하고 불렀다.

이미 몇 걸음 떼던 아저씨가 걸음을 멈추고 돌아서자 망개떡이 담긴 바구니가 둥글고 넓게 회전했다.

"망개떡은 해운대같이 사람 많은 곳에 가야 팔리지 여긴 아무도 없잖아요. 아저씨 바보예요? 여기 사람이 어딨다고……."

"난 그냥 여기가 좋아. 해운대에는 망개떡 장수가 많잖아."

아저씨는 다시 한번 동해집이라고, 꼭 오라고 하더니 멀어져 갔다.

나는 아저씨가 가고 하염없이 앉아서 밤이 되어가는 바다를 바라보고 있었다. 아니 느꼈다. 싸르락거리며 조용하게 앓는 밤바다 소리가 듣기 좋았다.

나는 일어나 옷을 털고 긴 모래사장을 걸어 100번 버스를 타러 갔다. 동해집이라고, 오라 하던 아저씨의 말은 이미 잊어버렸다. 내 뒤에는 추억처럼 싸락싸락 들어오던 물이 썰물이 되어 철썩철썩 나가고 텅 빈 객석의 불빛을 담고 사람 몇 타지 않은 동해남부선 기차가 지나가고 있었다. 내가 첫 실연을 당하고 나서 송정을 갔을 때의 일이다.

나는 그때 20대를 온통 함께 보낸 애인에게 실연당하고 송정 바닷가에 퍼질러 앉아 있는 것이 좋았다. 내년이면 서른 살이 될 거였다. 겨울바다를 바라보며 앉아 있는 것도 실연이 내게 준 선물이라고 생각하면 고통이 반으로 줄어들지 모를 일이라고 생각할 만큼 나는 나이 들어 있었다. 그때는 그랬다. 이십 대 중반이 넘으면 노쳐녀 소리를 듣던 때였다. 그러니 스물아홉인 내가 노처녀인 건 당연했다.

나는 찾아갈 친구가 없었다. a도 b도 모두 결혼해 이제는 아줌마가 되어버린 친구들. a는 다른 먼 도시로 시집가 임신이 안 된다고 구박하는 시어머니를 모시며 살아가는 가련한 새댁이 되었고 b는 연년생인 아이를 키운다고 옷에 묻은 밥풀이 마른 다음에도 모른다고 전화로 하소연을 하곤 했다. 나머지 나의 친구들도 대부분이 시집가거나 연락이 끊어지고 나만 혼자 남았다. 이때만 해도 내가 왠지 인조인간 같았다. 아무 생각 없이 지상에 몸을 맡긴 채 다만 삶이 이끄는 대로 기계적으로 살아가고 있었던 것이다.

송정은 a이자 곧 b였다.

시간이 꽤 많이 지난 후, 아니 세월이 많이 흐른 후 어느 순간, 송정과 함께 a와 b가 떠오르면 나는 심장 한쪽이 베인 듯한 아픔을 느꼈다. 그 밤 나는 a와 b의 고통의 깊이에 대해서 완전히 이해하지 못했다. 표면만을 알 뿐이었다. 후에 내가 a와 b의 고통에 버금가는, 아니 더 깊고 깊은 고통에 헤매리라는 것을 몰랐다. 나는 a와 b가 겪었던 달콤쌉싸름한 실연의 맛을 너무 높게 평가한 나머지 나에게도 그 맛이 재앙처럼 올 수 있다는 생각은 하지 못했다. 그만큼 어렸다.

실연한 사람들은 감출 수 없는 유전자처럼 꼭 티가 났다. 실연을 왜 꼭 당했다고 하는가. 실연은 당한다. 찼든 차였든 둘 다 결론은 사랑을 잃은 것이기에. 실연한 사람은 절대 웃지 않고 울음을 참는 듯 기묘한 표정을 하고 벙거지 모자처럼 찌그러진 얼굴로 구두코만 내려다보고 다닌다.

나는 지독한 실연 끝에 송정에 앉아서 위로를 받고 무작정 스페인과 포르투갈로 12일짜리 패키지여행을 떠났다. 거대하고 개성 있고 독특하고 넓은 땅을 차지한 스페인 한 귀퉁이에 가련하게 붙어 있는 포르투갈에 갔을 때, 어쩐지 매우 안쓰러운 느낌을 받았다. 유럽의 변방 포르투갈처럼 없는 듯 있는 곳이 송정이다. 포르투갈은 유럽의 변방 한 귀퉁이에 없는 듯 있는 작은 나라였다. 주 여행인 스페인에 딸려 떠나기 전 1박 2일 동안 대충 둘러보고 오는 부록 같은 여행지였다. 대서양을 끼고 있는 아름다운 나라 포르투갈도 한때는 명성이 화려한 강대국이었다. 바다를 주름잡는 강인한 뱃사람은 한때 몇 나라를 지배했다. 브라질과 마카오, 티모르, 앙골라 같은……. 해운대가 만인의 연인이고 외제차를 타고 와 보란 듯이 해변을 휘젓고 다닐 때 송정은 가냘픈 여자의 좁은 어깨처럼 실연당한 사람을 받아주고 우두커니 앉아 실연의 고통을 삭이기에 더할 나위 없이 어울리는 바다다. 해운대에 가면 아는 사람을 꼭 한둘 만나지만 송정에서는 부딪힐 일이 없다.

첫 실연 이후 나는 송정을 찾지 않았다.

*

내가 송정을 다시 찾게 된 건 몇 년도 훨씬 지난 후다.

어느 날 나는 송정을 찾았다. 겨울이고 모래사장이 아닌 카페였다. 다섯 번째인가 여섯 번째인가조차 헷갈리는 실연을 당하고 송정이 섬광처럼 떠올랐다. 나는 차를 몰고 송정에 갔다. 첫 번째 실연을 하고 송정을 찾았을 때랑 많이 달라져 있었다. 그러나 실연의 상처가 고통스럽기는 마찬가지였다. 다섯 번인가 여섯 번인가조차 헷갈릴 만큼, 실연의 아픔에 무뎌졌다고 믿었는데, 마지막 실연은 깊고 깊었다. 내 나이 서른도 중반을 넘어 후반으로 향하고 있었다. 나는 애인과 만나는 동안 가끔 결혼을 꿈꾸었다. 그의 아내가 되어 조신하게 살림을 살고 아이를 낳아 기르고……. 그의 새하얀 와이셔츠를 다리고 가끔은 그의 회사 앞으로 가서 저녁을 먹고 함께 들어오고……. 새벽에 깨면 그가 나를 안고……. 터무니없는 공상을 하다 스르르 잠들고는 했다.

연애 3년이 넘고 있었다. 내색 없던 그가 곧 다른 나라로 가게 되었다고 통보했다. 일이 잘되면 눌러앉을 거라고 했다. 나는 날벼락같은 통보에 당황하다가 이별 통보를 이런 식으로 하는구나 뒤늦게 깨달았다. 그는 내가 따질 틈도 주지 않고 "네가 따라오기 힘들 거야. 나도 겨우 가는데." 했다. 나는 다만 이렇게 물었다. "다른 나라가 어디야?", "으응, 멕시코.", "멕시코? 언제부터 준비했니?", "그게 그러니까, 좀 됐어. 속이려고 한 건 아닌데." 애인에게 이런 식으로 뒤통수를 맞을 수도 있다니 연애 생애 가장 혹독한 이별 방식이었다. 그때 귀싸대기라도 날렸어야 했는데 그러지 못했다. 뒤통수를 제대로 맞아서 차라리 끝내기는 쉬웠다. 앞으로 연애 같은 건 못할지도 몰라, 하는 생각이 들었다. 그동안 숫자로 의미 없는 실연을 했지만 송정을 찾지는 않았다. 숫자 같은 건 같잖았다. 내 쪽에서 두세 번 찼을 것이고 두세 번은 남자 쪽에서 찼을 거였다. 그때마다 나는 순순히 받아들였다. 송정 같은 건 생각도 안 났다. 그렇지만 깊이 생각하면 경험에 상관없이 사랑은 매번 서투른 영역이었다. 할 때마다 비슷한 실수를 저지르고 같은 질량의 상처로 남았다.

나는 카페에 앉아 있다 밖으로 나왔다. 긴 모래사장을 가로질러 가다 어느 지점엔가 퍼질러 앉는다. 예전보다 갈매기가 늘어난 것 같다. 연인들은 갈매기에게 새우깡을 던지며 사진을 찍고 있다. 바다를 향해 멍한 시선을 보내다가 나의 실연에게, 하고 마음속으로 편지를 썼다. 마음과는 다르게 손가락으로는 모래 위에 조금 전 헤어져 전 애인이 되어버린 그의 이니셜을 쓰다가 지우다가 했다. 오래 앉아 있었으므로 머리가 어질하고 햇볕이 따가웠다.

시간이 더디게 흘렀다. 갈매기에게 새우깡을 던져주며 재미있게 노는 커플이 내 눈에 들어왔다. 커플은 화보 속 모델처럼 키와 패션이 완벽한 조화를 이뤄 감탄스러울 정도였다. 완벽하게 어울리는 외모만큼이나 사랑도 깊을 것 같다. 헤어지는 일 따윈 없이 영원할 것만 같다.

커플 주위로 몰려든 갈매기들은 감질나게 던져주는 새우깡을 채기 위해 끼룩거리며 맴돌고 있다. 새우깡을 던지자 순간적으로 코를 박고 날쌔게 물고 날아간다. 새우깡이 동났는지 커플은 빈 새우깡 봉지를 아무 데나 던져버리고 해변을 걸어간다. 커플은 서로를 감싸듯이 어깨를 안고 모래사장을 걸어간다. 비슷한 커플이 여럿이다. 탄탄한 햇살이 여전히 매력적으로 빛나고 있는 송정의 겨울 바다에 나는 혼자 앉아 있다.

작가의 말

누군가는 이렇게, 또 누군가는 저렇게 살아간다. 삶의 모습은 같은 얼굴 없듯, 사람 숫자만큼 제각각 다르며 고유하다. 어떻게 보면 사는 건 신선하지 않고 획기적이지도 않다. 그러기가 쉽지 않다. 사랑, 실연, 결혼, 상실, 이별…… 같은 인생의 거의 모든 이런 것들은 진행될 때는 잘 모르며 인생을 통과할 땐 잘 안 보인다. 너무 열중해 있기 때문이다. 그러나 끝난 후에 알게 된다. 지나서야 아, 그렇구나, 그런 거였구나, 알게 되는 것, 왜 늦게 깨달아지는 걸까? 그런 것의 실마리를 잡아가는 것을 『캐리어 끌기』 7편에 넣으려고 했다.

『캐리어 끌기』를 관통하는 키워드는 여성의 삶이다.

강인한 심성이 있고 나약한 심성이 있다면, 작가는 후자에 초점을 맞춘다. 마음처럼 살아지지 않는 것이 인생 같다. 손에 잡히지도 않고 잡았더라도 손가락 사이로 빠져나가는 것, 원하는 대로 살아지지 않는 것, 그것이 인생의 실체다. 하여 '얼크러지고 바스라지는 삶의 어떤 순간'을 포착하려고 했다.

수록된 소설들은 먼저 타이틀을 정하고 머리가 시키는 대로 손가락이 움직이는 대로 써나갔다. 기본원칙이 뭐든 쓰고 싶은 대로 약간 무관심하게 케 세라 세라 식으로 우연에 기대어 쓴 것들이다. 그래서 어설프고 흠결이 많을 것이다. 감정에 치우칠 것이고.

감정에 내맡기고 글의 흐름에 따라가다 보면 어쨌든 한 편씩 완성이 되곤 했다. 즐거운 글쓰기지만 어느 때는 알 것 같다가도 어느 날은 내가 쓰는 이것이 터무니없기도 하다. 그러다가 그래, 난 이 정도일 뿐이야, 하니 후련했다.

나는 소설에서 소설을 배우고 인생을 배운 것 같다. 시에서 시를 배우고 영화에서 영화를 배우듯 말이다. 소설에는 삶의 모든 것이 들어 있어서 어떻게 살아야 할지 제시해준다는 생각을 한다.

살아보니…… 삶은 예정대로, 계획대로, 목차대로 살아지지 않았다. 의도대로 살아지지 않던 지나간 날들을 떠올려 본다. 눈앞에 닥치는 대로, 주어진 대로, 그저 성향대로 추구하며 살았다는 생각이 든다. 구슬처럼 모였다 흩어지고 다시 모이곤 하는 게 인생이 아닐까.

삶의 무구함에 대해 생각해보는 밤이다.

2020년 가을 조화진

캐리어 끌기

초판 1쇄 발행 2020년 9월 10일

지은이 조화진
펴낸이 강수걸
편집장 권경옥
편집 박정은 김해림 윤은미 강나래
디자인 권문경 조은비
펴낸곳 산지니
등록 2005년 2월 7일 제333-3370000251002005000001호
주소 부산시 해운대구 수영강변대로 140 BCC 613호
전화 051-504-7070 | 팩스 051-507-7543
홈페이지 www.sanzinibook.com
전자우편 sanzini@sanzinibook.com
블로그 sanzinibook.tistory.com

ISBN 978-89-6545-667-4 03810

* 책값은 뒤표지에 있습니다.
* 이 도서의 국립중앙도서관 출판예정도서목록(CIP)은 서지정보유통지원시스템 홈페이지(http://seoji.nl.go.kr)와 국가자료공동목록시스템(http://www.nl.go.kr/kolisnet)에서 이용하실 수 있습니다.(CIP제어번호: CIP2020032512)
* 이 책은 경남문화예술진흥원의 문화예술지원금을 보조받아 발간하였습니다.